民族文字出版专项资金资助项目

编 委 名 单

贵州民族文化文库

布依族口传歌谣系列

郭得宏 主编

WEANL YUX

情友歌

夜间情歌

Weanl Nangh Hamh

班光瑶 班丽萍 收集整理

贵州出版集团
贵州民族出版社

图书在版编目(CIP)数据

夜间情歌：情友歌：布依文、汉文对照／班光瑶，班丽萍收集整理. --贵阳：贵州民族出版社，2017.6
(布依族口传歌谣系列／郭得宏主编)
ISBN 978-7-5412-2327-3

Ⅰ.①夜… Ⅱ.①班… ②班… Ⅲ.①布依族-情歌(文学)-作品集-中国-布依语、汉语 Ⅳ.①I277.296.8

中国版本图书馆CIP数据核字(2017)第143011号

丛 书 名	布依族口传歌谣系列
书　　名	WEANL YUX · WEANL NANGH HAMH 情友歌 · 夜间情歌
收集整理	班光瑶　班丽萍

出版发行	贵州民族出版社
地　　址	贵阳市观山湖区会展东路贵州出版集团大楼
邮　　编	550081
印　　刷	贵阳海印印刷有限公司
开　　本	787mm×1092mm　1/16
字　　数	160千字
印　　张	9.25
版　　次	2017年6月第1版
印　　次	2017年6月第1次印刷
书　　号	ISBN 978-7-5412-2327-3
定　　价	48.00元

歌友活动

节日活动

布依寨景色

工艺作品

本书编写者：班光瑶 班丽萍

序

周国炎

布依族民间文学是布依族传统文化的一个重要组成部分，其形式多样，题材、内容十分丰富，从体裁上大致可分为韵文和散文两大类，在布依族地区广为流传。布依族民间歌谣属韵文体文学作品，流传范围较广。有反映男女青年爱情生活的情歌，反映社会生活习俗和人际交往习俗的礼俗歌以及叙述远古往事的古歌和叙事长诗等。其中的古歌和叙事长诗反映了布依族先民多姿多彩的精神世界和物质生活，揭示了布依族传统的价值观、道德观和人生观，展现出远古布依族先民对所生存的自然和人文生态环境创造性的适应能力以及对大自然独特的认知方式。布依族歌谣结构简洁流畅，音韵和谐，旋律优美，深受广大布依族群众的喜爱。从句式和结构上看，有五言、七言、杂言三种体裁和单段、双段、长篇三种结构。五言体全篇每句五字（音节）或以五字为主；七言体全篇每句七字或以七字为主；杂言体全篇每句字数不等，长短间杂，少者三字，多者十一字，一般多为奇数。单段歌又称"散花调"，即单独一段自成一首；双段歌又称"双调"，即一首歌分成两段；长篇歌谣的特点是篇幅长，有的不分段落，有的则根据故事情节分成若干段落，如长篇叙事诗。布依族歌谣有自己独特的押韵方式和规律，一般是以前一句的尾韵（句末一字）去和后一句的头韵（句首一字）或颈韵（第二字）或腰韵（中间一字）相押，也有少数和尾韵相押。押韵一般要求同韵同调（包括阴阳调）相押，但根据内容的需要，只要发音相近，声韵和谐的字也可以通押，没有严格的要求，每押一句即可换韵，无需一韵到底。

长期以来，由于缺乏全民通用的文字系统，大量的布依族歌谣只能通过口耳相传的形式在民间世代相传，这种传承形式一方面极大地限制了布依族歌谣的传播，同时也导致大量的作品在传承过程中发生了变异，有的甚至随着作品传承者的辞世而消失在漫漫历史长河中，所幸在布依族宗教领域，一批布依族宗教人士在学习和掌握了汉文之后，以汉字作为记音符号，将布依族文学中的一个重要组成部分——摩经记录下来，这是布依族文化史上的一大贡献。20 世纪 50 年代中期，党中央和人民政府为布依族创制了以拉丁字母为基础的拼音文字，一方面为提高布依族人民的文化教育水平提供了便利的条件，同时也为布依族文化的记录、抢救和传承提供了有效的承载方式，但由于种种历史原因，新创制的布依族文字未能充分发挥其应有的教育功能和文化传承功能，致使大量珍贵的布依族文化遗产不断流失。自 20 世纪 80 年代初以来，民族语文工作得以恢复，几经修订后的布依族新创文字在布依族传统文化的记录和传承方面发挥了积极的作用，大量流传于民间的布依族民间歌谣得以挖掘、整理和翻译，并用布依族文字出版，使优秀的布依族传统文化得到了弘扬和发展。

由班光瑶、班丽萍收集整理、贵州民族出版社出版的布依族口传歌谣系列丛书之一《情友歌·夜间情歌》是布依族新创文字推广和布依族非物质文化抢救和保护工作中的一件大事。该书收集了来自贵阳市乌当区、花溪区、南明区等若干首布依族传统情友歌，内容丰富。该书采用新创布依文和汉文对照的形式，展示了布依族传统经典歌谣的无穷魅力以及布依族新文字在传统文化传承方面的重大作用。书中所收歌谣来自母语文化氛围十分浓郁的布依族地区，属于原汁原味的原生态布依族民间文学作品，歌谣中反映的内容都是布依族社会生活的真实写照。读者通过阅读该书，不仅可以深入了解多姿多彩的布依族精神文化生活，还可以充分领略布依族民歌优美的旋律和韵味。此外，该书的出版在布依族母语教育方面还具有非常重要的作用。课外读物的匮乏长期以来一直是制约民族语文教育教学发展的瓶颈，布依语文的学习者常常因为找不到课外读物而对布依语文的学习失去兴趣，从而放弃对布依语文的学习，该书的出版为布依语文学习者提供了丰富的课外阅读资料。

总之，该书的出版是对布依族文化传承和母语教育的一大贡献，是为序。

2013 年 3 月 30 日于中央民族大学

前　言

本书的布依语书名为《weanl nangh hamh》，直译为“坐夜歌”，内容是男女青年晚上坐在一起唱的情友歌、情歌，即是男女青年对唱的情友歌中的夜间情歌。因此，本书取名为《夜间情歌》。

在贵阳市周边一些布依族村寨虽还在唱夜间情歌，但所唱之人已经不多了。叫“坐夜歌”虽然有点俗，但那场景却情真意切。

在石板房、火塘边，主客男女相对而坐。秋夏是“行歌坐月”，冬春是围炉而歌。特别是冬天，主坐火头，客坐火尾。对白声、歌声、笑声交叉在一起，那场景令人难忘。

情友歌，这类歌的内容丰富多彩。从句式上看，有五言、七言和杂言三种体裁，其中以七言句式最为常见，一首歌，少则四句，多则数十上百句，叙事类情友歌可达数百句。情友歌，不是只有青年男女可以对唱，中老年男女也可以对唱，不过中老年男女对唱时要以“亲家歌（weanlndoongl）”过渡。事实上，布依族对唱情友歌，不只是为了追求爱情，大多是为了娱乐和交谊。所以这类歌称为“情友歌（weanlyux）”，而不直接叫“情歌（weanlmaaic）”。

过去情友歌就像路边的刺梨蓬、山中的杜鹃花一样，在贵阳市的花溪田坝、青岩城楼、凉亭草舍、古桥新房伴随着一代又一代布依人的成长，在布依族村寨婉转悠扬地飘荡。

而今，就贵阳地区而言，你走村串寨去问问，能唱“明歌”（汉语歌）的人是有一些，而能唱“土歌”（布依语歌）的人又有多少？能用贵阳布依语交谈的还有多少人？40岁以下的“能唱会说”的人是少之又少。因此，这本《夜间情歌》的出版就显得特别珍贵。

由于本书是用布依文拼写的贵阳地区读音，为保持地方特色，保留了许多贵阳布依语的土语词。比如 ximl*（男友或哥），saaul（女友或情友），指的是贵阳地区青年男女在对唱情歌时的自称或对称，中老年人在唱情友歌时也如此。又如 raanz（房子），ranz*（家），而 renz* 是 ranz* 的另一种读音，就保留了 renz*，不改成 ranz*，也不规范成 raanz。

我家住在贵阳市花溪区竹林寨，这里自古以来是个布依族聚居的地方。我的父亲班光瑶（1930—2013），曾供职于贵阳市乌当区古籍办，是贵阳市南明区布依学会顾问。父亲爱好游泳，喜欢唱歌，虽未从事写作一职，但其一生却致力于布依语研究和布依语歌谣等的收集整理，先后出版或与人合作出版了《乌当布依族酒歌》《布依族经典古歌》《祭祀经》《贵阳布依语词》等。父亲生前还是贵阳市布依族非物质文化遗产（布依语歌）传承人之一。父亲是个较为固执的人，他在整理所收集到的资料时，常常为了弄清一字一音，不停地往返于各个村庄。他的刻苦专研精神深深地感染了我，使我明白了继承民族精神、弘扬民族文化的重要性。

父亲临终前曾嘱咐我一定要将《情友歌·夜间情歌》整理出版。本书在整理出版过程中，由于篇幅较短，在征得父亲生前好友龙丁生的同意之后，收入了他收集整理的贵阳市四首布依族情友歌：《rinl ndaelnaz haailndaais》（田中石头开了花）、《bail jeeuzluangz dungxbaanx》（去铜桥相伴）、《weanl xunz naanz*》（玩耍难）、《daail dungx riangz》（死相随）。这四首歌的收入使得本书的内容更加丰富。

本书的出版得到了多方面的支持，贵州民族出版社把本书列为“布依族口传歌谣系列”之一，中央民族大学布依语文专家周国炎教授为本书写序，贵阳市乌当区布依学会以及卢国民、王义科、韦登祥等为本书提供照片，贵州民族大学布依文教师吴定川等为本书审订语音，贵阳市南明区布依学会副会长龙丁生审订贵阳布依语语音等。对上述单位、个人对本书的大力支持，本人在此表示衷心的感谢！

班丽萍

2016 年 9 月

目　录

WEANL YAANL*
邀约

Ximl*:
男　　　　男:

Qyaagt* ndaix yaanl* xih maic ndaix leh,
难 得 约 就 应 得 换　　　　既然约了就要连,

Qyaagt* ndaix leh xih maic ndaix xunz.
难 得 换 就 应 得 玩　　　　既然认友就要玩。

Rauz maic yaanl* bailjeex ngonzndeeul,
我们 应 约 赶场 一天　　　　应邀赶场去一天,

Rauz maic dangs bailjeex hoobtndeeul,
我们 应 信约 赶场 一周　　　　应约赶场去一周,

Genzmbenl las jicxaans miz guanc.
天上 垮 几层 不 管　　　　天上垮几层不管。

Rauz maic yaanl* bailjeex hoobtndeeul,
我们 应 约 赶场 一周　　　　应邀赶场玩一周,

Rauz maic dangs bailjeex ndianlndeeul,
我们 应 信约 赶场 一个月　　　　应约赶场玩一月,

Genzmbenl leanl* jicxaans miz guanc.
天上 乱 几层 不 顾　　　　天上翻几层不顾。

Saaul:
女　　　　女:

Ngonzlaez luamh* mal ngonzlaez riangx*,
哪天 阴 来 哪天 晴　　　　哪天阴来哪天晴,

Ngonzlaez luamh* ndaelxel saaul biangx*,
哪天 阴 心里 情友 沉闷
阴天妹心情沉闷，

Ngonzlaez riangx* ndaelxel saaul aangs.
哪天 晴 心里 情友 欢喜
晴天妹心就欢喜。

Beah weanglmbas yieh danc reangzduz*,
衣 补肩 也 穿 赶伴
补丁衣也穿赴约，

Beah weanglmbas yieh xianh reangzjeex.
衣 补肩 也 玩 赶场
补丁衣也穿赶场。

Ngonzlaez luamh* mal ngonzlaez riangx*,
哪天 阴 来 哪天 晴
哪天阴和哪天晴，

Ngonzlaez luamh* ndaelxel saaul biangx*,
哪天 阴 心里 情友 沉闷
阴天妹心情沉闷，

Ngonzlaez riangx* ndaelxel saaul ndiabt*.
哪天 晴 心里 情友 思念
晴天妹心里惦记。

Beah weangl qyis yieh danc reangzduz*,
衣 补 腋 也 穿 赶友
补丁衣也穿赴约，

Beah weangl qyis yieh ruz* reangzjeex*.
衣 补 腋 也 携 赶场
补丁衣也穿赶场。

Miz laaul boh gamh jeeuchaaiz myaec bail,
不 怕 父 抑 鞋跟 不准 去
父踩鞋跟不准去，

Riuc haaiz gvas dinllail naaih danc.
提 鞋 过 坎子脚 慢 穿
提鞋下完坎再穿。

Miz laaul boh gamh jeeuzhaaiz myaec reangz*,
不 怕 父 抑 鞋跟 不准 赶
父踩鞋跟不准走，

Riuc haaiz gvas dinlxiangz naaih danc.
提 鞋 过 朝门脚 慢 穿
提鞋过朝门再穿。

Banz daail dauc laic* ranl mengz mbaaus,
成 死 来 要 见 你 郎
生死要来见情哥，

Banz daail daaus laic* ranl mengz yux.
成 死 转 要 见 你 友　　生死就要见情友。

Saaul riangz yux xinglfengz bail buangs*,
情友 和 友 牵手 去 游　　牵手和哥去游玩，

Saaul riangz mbaaus xinglfengz bail baaic.
情友 和 郎 牵手 去 走　　和情哥牵手去玩。

Ximl*:
男　　男：

Yaanl* bailjeex maixsaaul mizbail,
约 赶场 姑娘 不去　　约赶场情友①不去，

Neh henc dangz lail yeeuh saaul,
想 上 到 家门坎 喊 情友　　想去你家对门喊，

Neh qyaams dangz lail yeeuh yux.
想 跨 到 家门坎 喊 友　　想到屋旁去喊你。

Daaus henc dangz xiangz yeeuh saaul,
再 上 到 朝门 喊 情友　　再到朝门去喊你，

Daaus qyaams dangz xiangz yeeuh yux.
再 跨 到 朝门 喊 友　　到你家朝门喊你。

Yeeuh yinglidt mes* yeeuh yinglnyih,
喊 一声 再 喊 二声　　喊一声又喊二声，

Yeeuh yinglidt maixsaaul miz nij.
喊 一声 姑娘 不 理　　喊一声姑娘不理。

Yeeuh yinglnyih laz* yux miz haanl,
喊 二声 呵 友 不 答　　喊二声妹不答应，

Hocbenl yeeuh yinglsaaml dauc mos.
生气 喊 三声 来 新　　一气之下喊三声。

---

① 情友，指姑娘或女友。

Yingldeel los* dangz siec miz naangz?
那声 传 到 院边 不 女郎　　声音传到院边没?

Yingldeel los* dangz raanz miz yux?
那声 传 到 家里 不 友　　喊声传到家中否?

Saaul:
女　　女:

Daaus mal nangh xos lac faixjungl,
转 来 坐 在 下 青冈树　　转身来坐青冈下,

Daaus mal qyaul xos lac zazais*.
转 来 蹲 在 下 竹丛　　回头蹲在竹丛下。

Daaus mal saissais* gaangc ngonzndeeul,
转 来 细细 讲 一天　　转身细细讲一天,

Daaus mal saissais* nauz ngonzliangh.
转 来 细细 说 一日　　回头细细说一日。

Daaus mal nangh xos lac faixjungl,
转 来 坐 在 下 青冈树　　转身来坐青冈下,

Daaus mal qyaul xos lac zazngaaih*.
转 来 蹲 在 下 艾蓬　　回头蹲在艾蓬边。

Daaus mal gaangc gaaissaml zelraaih*,
转 来 讲 心情 迷恋　　转身讲讲爱恋心,

Daaus mal gaangc gaaisxel zelvaaih*.
转 来 讲 心事 迷恋　　回头说说迷恋情。

Ximl*:
男　　男:

Fih ndaix nangh xos lac faixjungl,
未 得 坐 在 下 青冈树　　未得坐在青冈下,

Fih ndaix qyaul xos lac faixjaus.
未 得 蹲 在 下 桐树　　　　未得蹲在桐树下。

Fih ndaix gaangc haausgaus ngonzlaez,
未 得 讲 旧话 哪天　　　　没有哪天说旧情，

Fih ndaix sil haausgaus jeexlaez.
未 得 叙 旧话 哪场　　　　没有哪场叙旧话。

Rauz maic nangh xos lac faixjungl,
我们 要 坐 在 下 青冈树　　　　我们要坐青冈下，

Rauz maic qyaul xos lac faixjaus.
我们 要 蹲 在 下 桐子树　　　　我们要坐桐树下。

Rauz maic gaangs haausgaus ngonzndeeul,
我们 要 讲 旧话 天把　　　　慢慢说旧情一天，

Rauz maic sil haausgaus jeexndeeul.
我们 要 叙 旧话 一场　　　　好好叙旧话一场。

Saaul:
女　　　　女：

Xeeuhlaez naamh langl mbaanx rox mbol,
哪辈 泥 后 寨 会 松散　　　　哪时后山泥会松，

Xeeuhlaez bol heenz mbaanx rox laagt*?
哪辈 坡 边 寨 会 垮　　　　哪时寨后坡会垮？

Xeeuhlaez gol faixvaagt* rox goongl?
哪辈 棵 杉树 会 倒　　　　哪时杉树才会倒？

Saaul bail ges doonhndeeul gueh luangl*,
情友 去 锯 一节 做 粑槽　　　　妹锯一节做粑糟，

Saaul bail ges doonhndeeul gueh dangs.
情友 去 锯 一节 做 板凳　　　　再锯一节做板凳。

Riangz ximl* nangh ngonzndeeul xelneedt,
同 哥 坐 一天 心满意足　　　　同哥坐一天心安，

Riangz ximl* nangh ngonzliangh samlaangs.
同 哥 坐 一天 心满意足

坐一天心满意足。

Ximl*:
男

男:

Qyus raanz boh miz haec saaul guehxamz,
在 家 父 不 让 情友 做玩

在家父不让你玩,

Qyus raanz bix miz haec yux bailzians*.
在 家 哥 无 让 友 做玩

在家兄不让你游。

Bail xianh lac bail zians* yuxgaus,
去 游 啊 去 游 老朋友

去游玩吧老朋友,

Guehxamz lac guehxamz nuangxsaaul.
玩耍 吧 玩耍 情友

去玩耍吧情友妹。

Miz laaul boh guihmax mal ral,
不 怕 父 骑马 来 找

不怕父骑马来找,

Riangz zaf yux qyabtdal bail buangs*,
和 咱 友 眨眼 去 游

和那眨眼妹游玩,

Riangz yuxgaus qyabtdal bail baaic.
和 老朋友 眨眼 去 走

和那调皮友去玩。

Miz laaul boh guihmax dauc bungz,
不 怕 父 骑马 来 遇

不怕父骑马看见,

Riangz zaf yux xinglfengz bail buangs*,
和 咱 友 牵手 去 荡

开开心心去游玩,

Riangz yuxgaus xinglfengz bail baaic.
和 老朋友 牵手 去 走

和老友一同游玩。

Saaul:
女　　女:

Bol dulnac lix ndagt rinlndingl,
坡 对门 有 块 红岩　　对门有块红石岩,

Bail laez yieh deengl siml* yaanl* goons.
去 哪里 也 是 哥 先约　　去哪都是哥先约。

Ximl* yaanl* goons rauz saaul miz dangx,
哥 先 约 我们 情友 不 挡　　约去哪里妹都许,

Ximl* yaanl* goons yux doc miz nauz,
哥 先 约 友 都 不 说　　只要哥约妹就应,

Ximl* yaanl* goons yux doc mal.
哥 先 约 友 都 来　　只要哥约妹就来。

Ximl* yaanl* yux xih yaanl* ndaix ngaaih,
哥 约 友 就 约 得 容易　　每次约妹约得巧,

Ximl* dangs yux xih dangs ndaix hof.
哥 带信 友 就 带信 得 灵　　哥信来得正逢时。

Yaanl* bailjeex ngonzxoh miz ndeengl,
约 赶场 明天 不 推辞　　约去赶场不推辞,

Yaanl* bail hauc ngonzrez miz laaus.
约 去 赴 后天 不 空　　后天赶场不失约。

Ximl*:
男　　男:

Ximl* laic dangs saaul bail Jeexbyauc①,
哥 要 嘱咐 情友 去 牛场　　带信约你赶牛场,

Ximl* laic dangs saaul hauc Jeexnyianz.
哥 要 信约 情友 赴 虎场　　带信约妹赴虎场。

---

① 牛场及下句的虎场,是指过去逢牛、虎日赶的场。

Rauz bail biangh genlianl guehxamz,
我们 去 坝子 吃烟 做玩
我们去抽烟处说，

Rauz maic bail bianghnyal wanfsuaj.
我们 要 去 草坪处 玩耍
我们去草坪玩耍。

Rauz bail xossaml nangh ngonzndeeul,
我们 要 放心 坐 一天
踏踏实实坐一天，

Rauz bail nangh xih sil haaussaml.
我们 要 坐 就 叙 心里话
座谈就叙心里话。

Qyangl* rox mbes rox doc* miz saaul?
看 会 寂寞 会 弃 不 情友
看是否会怨会烦？

Qyangl* rox doc* rox laanh* miz nuangx?
看 会 弃 会 冷淡 不 妹
看是否会弃会淡？

Saaul:
女
女：

Daanh* mengz doc* guh deh saanglzal*,
只要 你 放弃 双 筷 上碗
若你愿丢碗上筷，

Daanh* mengz doc* ndanlzal* saanglsaus.
只要 你 放弃 饭碗 灶口
若你愿弃灶上碗。

Daanh* mengz doc* maixgaus miz aul,
只要 你 放弃 旧人 不 要
原来姑娘愿不要①，

Daanh* mengz weengh maixndux miz aul.
只要 你 扔 姑娘先前 不 要
愿放弃那旧情人。

Gul xih xelndeeul mal maaic mengz,
我 就 一心 来 恋 你
我就一心来爱你，

Nuangx xih xeldoh mal maaic yux.
妹 就 一心 来 恋 友
我就一意恋情哥。

① 原来姑娘，指男方的旧情友（人），这里是试探性的语气。

Ximl*:
男 | 男:

Gul yieh doc* guhdeh saamglzal*,
我也放弃 双筷 碗上
我愿放弃碗上筷,

Ximl* yieh doc* ndanlzal* saanglsaus.
哥 也放弃 饭碗 灶上
我愿放弃灶上碗。

Daanh* mengz doc* raanzdaais miz bail,
只要 你 放弃 婆家 不 去
只要你不去婆家,

Daanh* mengz weengh raanzgvaanl miz hauc.
只要 你 扔 夫家 不 入
只要你不去夫家。

Dagthaux rauz xih dagt soonglzal*,
添饭 我们 就 添 两碗
添饭我们添两碗,

Baaiz zoc* rauz xih baais soongldeh.
摆 桌 我们 就 备 两筷
摆桌就备两双筷。

Gul aul zal* ndeeul gec gvihdaz.
我 要 一碗 藏 抽屉
我将一碗藏起来,

Ximl* aul guhndeeul gec jeenlbeah.
哥 要 一双 藏 衣袖
一双筷子藏袖里。

Ndanl zal* gec deel yianh haec mengz,
个 碗 藏 那 递 给 你
藏的那碗端给你,

Guh deh gec deel yianh haec yux.
双 筷 藏 那 递 给 友
藏的筷子递给你。

Saaul:
女 | 女:

Xeeuhlaez ndaix wuangcrih* dungx mbal*,
哪世 得 洼地 共 一片
哪时得土共一片,

Xeeuhlaez ndaix wuangcnaz* dungx dongh.
哪世 得 田湾 共 坝
哪时得田共一坝。

Saaul gead mbas* bail huangh* ramxnaz,
情友 扛 锄头 去 视 秧田水　　扛锄去看秧田水，

Saaul gead jingl bail qyangl* ramxnaz.
情友 扛 锄 去 看 田水　　扛锄去看稻田水。

Dengc* laez saangl riangz dengc* laez dams?
水口 哪 高 与 水口 哪 低　　稻田泄水口高或低①？

Dengc* laez saangl xih ximl* bail gamh,
水口 哪 高 就 哥 去 压　　水口高了哥压低，

Dengc* laez dams xih ximl* bail qyol.
水口 哪 低 就 哥 去 抬　　水口低了哥添高。

Saaul banz wenz rox ruangh mengz mbaaus,
妹 成 个人 会 思念 你 郎　　这样妹就关心郎，

Saaul banz yux rox maaic mengz yux.
妹 成 个人 会 热恋 你 友　　这样妹就迷恋哥。

Meanhnix wuangcrih* dangs mbal*,
现在 洼地 各 一片　　现在土不共一片，

Meanhnix wuangcnaz* dangs dongh.
现在 田湾 各 坝　　现在田不共一坝。

Fih gead qyas bail neenh ramxnaz,
未 扛 锄头 去 视 秧田水　　未扛锄看秧田水，

Fih gead jingl bail ximl ramxnaz.
未 扛 锄头 去 看 稻田水　　未扛锄看稻田水。

Dengc* laez saangl riangz dengc* laez dams?
水口 哪 高 和 水口 哪 低　　秧田水口高或低？

Dengc* laez saangl miz lix ximl* gamh,
水口 哪 高 不 有 哥 压　　水口高无人帮压，

---

① 稻田水口高或低，指如果泄水的田口高，水会淹没秧苗，使其无法存活，要压低；如果泄水的田口低，水无法淹没秧根，秧苗也会死亡，因此要填高。

Dengc* laez dams miz lix ximl* qyol.
水口 哪 低 不 有 哥 抬 水口低无人添高。

Saaul banz wenz miz roongh mengzmbaaus,
情友 成 个人 不 思念 你郎 妹好像不关心郎，

Saaul baiz yux miz maaic mengz ximl*.
情友 成 友 不 迷恋 你 哥 妹好像不迷恋你。

Ximl*:
男 男：

Daangs wangh* daangs qyus sec* raanzgaus,
各 个 各 住 院边 自家 哥妹各住各家屋，

Daangs wenz daangs qyus raanz buxgaus.
各 人 各 住 房屋 自己 哥妹各住各的家。

Xeeuhlaez ndaix naamhfoonx deb dinl?
哪辈 得 黑泥 砌 基脚 哪日黑泥砌基脚？

Xeeuhlaez ndaix naamhndingl deb saus?
哪辈 得 红泥 砌 灶 哪时得红泥砌灶？

Xeeuhlaez ndaix yuxgaus xaauxraanz?
哪辈 得 老友 造房 哪时得妹成一屋？

Xeeuhlaez ndaix saaulndil xaaux eeux?
哪辈 得 女郎 造 仓 哪时得妹做一家？

Zal* hauxgaabt bail reeux hauxhongl,
一碗 稻谷 去 和 红稗 稻谷红稗在一起，

Zaiz* bail nac nacndangl yieh guangs,
齐 去 前 脸面 也 宽 从此名声传内外，

Baillangl mos nacmianh yieh lix.
以后 新 脸面 也 有 从此脸面也有了。

Zal* hauxgaagt bail reeux hauxyaangz,
碗 稻谷 去 和 高粱 高粱稻谷在一起，

Zaiz* bail nac raanzrauz yieh guangs,
齐 去 前 家庭 也 宽裕　　从此家庭也宽裕，

Baillangl mos raanzrauz yieh lix.
以后 新 家庭 也 富有　　从此家庭也富有。

Naaih gead mbas bail qyel* ramxnaz,
慢 扛 锄头 去 视 秧田水　　这时扛锄看秧水，

Naaih gead jingl* bail nguangh* ramxnaz.
慢 扛 锄头 去 看 稻田水　　这时扛锄看稻水。

Yaanl* bail jeex ngonzxoh miz fez,
约 去赶场 明天 不 荒　　约去赶场不失约，

Yaanl* bail jeex ngonzrez miz wangs*.
约 去赶场 后天 不 耽误　　约在后天勿缺席。

Saaul:
女　　女：

Riangz ximl* gaangc bail ronl laez laangh*,
和 哥 讲 去 路 哪 漫　　和哥约去哪路谈，

Riangz ximl* gaangc bail daangh* baaihlaez?
和 哥 讲 去 范围 哪样　　和哥聊哪些范围？

Riangz ximl* gaangc bail daangh* doisweanl,
和 哥 讲 去 范围 对歌　　聊就聊情歌内容，

Riangz ximl* gaangc bail baaih doisweanl.
和 哥 讲 去 边 对歌　　邀就邀请来对歌。

Hams yux ndianllaez ndil bail xianh?
问 友 哪月 好 去 玩　　问友哪月好去玩？

Yaanl* yux ndianlxiangl ndil bail xunz.
约 友 正月 好 去 耍　　正月正是游玩时。

Genl xiangl ies ndil bail degtdooms,
吃 年饭 完 好 去 丢花苞①　　春节约去丢花苞，

Genl xiangl leeux xih bail doisweanl.
吃 年饭 完 就 去 对歌　　春节约去对山歌。

Rauz bail dibt* bolbaangx baaicxuex,
我们 去 至 偏坡 交谈　　向阳偏坡去交谈，

Rauz bail dibt* genzmaux doisweanl.
我们 去 至 山头 对歌　　那坡山头去对歌。

Rauz maic gaangc gaais haaus ndaelxel,
我们 必须 讲 样 话 心里　　要讲就讲心里话，

Rauz maic mbiadt* yiangh haaus xel neh.
我们 必须 交谈 样 话 心 想　　要叙就叙心中语。

Xiangl leeux yaanl* bail ndianllaez mos?
春节 完 约 去 哪月 新　　春节过完约哪月？

Mengz yaanl* yux bail qyus ndianl langl,
你 约 友 去 在 月 后　　你约情友下月玩，

Ximl* yaanl* nuangx bail xos ndianlnyih.
哥 约 妹 去 在 二月　　哥约情妹二月玩。

Ndianlnyih wenz laail daus benh xos nazjac,
二月 人 多 找 粪 放 秧田　　二月众人备秧田，

Ndianldeel wenz laail xailnaz dogtjac hanl.
那月 人 多 犁田 种稻 忙　　人们犁田备耕忙。

Ximl* myaec gaangc dangz yaanl* bail xunz,
哥 勿 讲 到 约 去 玩　　哥莫约妹去游玩，

Ximl* myaec nauz dangz yaanl* bail xianh.
哥 勿 讲 到 约 去 游　　哥勿约我去玩耍。

---

① 丢花苞是布依族青年男女的一种社交活动。花苞形状大小不一，绣着各种各样的花纹或图案，内装谷种或棉花籽等物。

Wangh* ndeeul daangs gueh soongl wangh* yongh,
一人 当 做 两 个 用
一个当作两人用，

Wenzndeeul aul gueh soongl wenz hoongl.
一人 要 做 两 人 事
一人要干两人事。

Langl ximl* yaanl* bail ndianllaez mos?
后 哥 约 去 哪月 新
再约哪月去玩好?

Riangz ximl* yaanl* bail xos ndianllangl,
和 哥 约 去 在 后月
只有约在下月玩，

Ximl* yaanl* yux bail xos ndianlsaaml.
哥 约 友 去 在 三月
哥又约妹三月玩。

Wenzlaail dagt wonlhaux xos mas,
别人 舀 谷种 在 泡
人们选谷种浸泡，

Wenzlaail dogt wonlhaux gueh jac.
别人 撒 谷种 作 秧苗
人们撒谷种育苗。

Ndianldeel deengl gaais ndianl miz waangs,
那月 来 是 月 不 闲
三月还不是闲月，

Ndianl zuangxnganx* miz waangs myaec yaanl*.
月 那样 不 闲 勿 约
那个月份不能约。

Wangh* ndeeul daangs gueh soongl wangh* yongh,
一人 当 做 两 个 用
一个当作两人用，

Wenzndeeul aul gueh soongl wenz hoongl.
一人 要 做 两 人 事
一人要干两人事。

Langl ximl* yaanl* bail ndianllaez mos?
后 哥 约 去 哪月 新
再约哪月去玩好?

Riangz ximl* yaanl* bail xos ndianllangl,
和 哥 约 去 在 后月
只有约在下月玩，

Ximl* yaanl* yux bail xos ndianlsis.
哥 约 友 去 在 四月
你又约妹四月玩。

Ndianldeel bozdul hanl ndaml naz,
那月 我们 忙 栽 田　　我们四月忙栽秧,

Ndianldeel hocdul bauh ndaml jac.
那月 我们 忙 栽 稻　　那月要抓紧栽秧。

Ndianldeel deengl gaais ndianl miz waangs,
那月 是 个 月 不 闲　　四月还不是闲月,

Ndianl zuangxnganx* miz waangs myaec yaanl*.
月 那样 不 闲 勿 约　　那个月份不能约。

Wangh* ndeeul daangs gueh soongl wangh* yongh,
一人 当 做 两 个 用　　一个当作两人用,

Wenzndeeul aul gueh soongl wenz hoongl.
一人 要 做 两 人 事　　一人要干两人事。

Langl ximl* yaanl* bail ndianllaez mos?
后 哥 约 去 哪月 新　　再约哪月去玩好?

Riangz ximl* yaanl* bail xos ndianllangl,
和 哥 约 去 在 后月　　只有约在下月玩,

Ximl* yaanl* yux bail xos ndianlhac.
哥 约 友 去 在 五月　　你又约妹五月玩。

Ndianldeel laic* hanl ndaml hauxhongl,
那月 必然 忙 栽 红稗　　那月忙于栽红稗,

Ndianldeel laic* bauh bail goonznyec.
那月 必然 忙 去 割草　　那月急于割嫩草。

Ndianldeel deengl gaais ndianl miz waangs,
那月 是 个 月 不 闲　　五月还不是闲月,

Ndianl zuangxnganx* miz waangs myaec yaanl*.
月 那样 不 闲 勿 约　　那个月份不能约。

Wangh* ndeeul daangs gueh soongl wangh* yongh,
一人 当 做 两 个 用　　一个当作两人用,

Wenzndeeul aul gueh soongl wenz hoongl.
一人 要 做 两 人 事　　一人要干两人事。

Langl ximl* yaanl* bail ndianllaez mos?
后 哥 约 去 哪月 新　　再约哪月去玩好？

Riangz ximl* yaanl* bail xos ndianllangl,
和 哥 约 去 在 后月　　只有约在下月玩，

Ximl* yaanl* yux bail xos ndianlrogt.
哥 约 友 去 在 六月　　你又约妹六月玩。

Wenz laail seans* bail aul mungzriauc*,
人 多 打算 去 要 茈菇苗①　　六月要摘茈菇苗，

Wenz laail seans* bail jiauc* mungzjiangh*.
人 多 打算 去 挽 水案板　　要把水案板捞尽。

Ndianldeel deengl gaais ndianl miz waangs,
那月 是 个 月 不 闲　　六月还不是闲月，

Ndianl zuangxnganx* miz waangs myaec yaanl*.
月 那样 不 闲 勿 约　　那个月份不能约。

Wangh* ndeeul daangs gueh soongl wangh* yongh,
一人 当 做 两 个 用　　一个当作两人用，

Wenzndeeul aul gueh soongl wenz hoongl.
一人 要 做 两 人 事　　一人要干两人事。

Langl ximl* yaanl* bail ndianllaez mos?
后 哥 约 去 哪月 新　　再约哪月去玩好？

Riangz ximl* yaanl* bail xos ndianllangl,
和 哥 约 去 在 后月　　只有约在下月玩，

Ximl* yaanl* yux bail xos ndiamlxadt.
哥 约 友 去 在 七月　　你又约妹七月玩。

---

① 茈菇苗和下句的水案板是与秧苗同时生长的草，因它们具有很强的生命力，会抢夺秧田中的营养成分，为避免秧苗失去营养物质，故人们需在六月间将其全部拔掉。这里指没有时间玩耍。

Yaanl* bail haucjeex ximl* miz bail,
约 去 赶场 哥 不 去　　约去赶场哥不去，

Neh henc dangz lail yeeuh mbaaus,
想 上 到 家门坎 喊 郎　　想去你家对门喊，

Neh qyaams dangz lail yeeuh yux.
想 跨 到 家门坎 喊 友　　想到屋旁去喊你。

Yaanl* bailjeex bausbix reangz* miz?
喊 赶场 人家男儿 赶 不　　喊赶场哥你去吗？

Daaus henc dangz xiangz yeeuh mbaaus,
再 上 到 朝门 喊 郎　　再到朝门去喊你，

Daaus qyaams dangz xiangz yeeuh yux.
再 跨 到 朝门 喊 友　　到你家朝门喊你。

Ximl* yaanl* yux bail xos ndianlbeebt,
哥 约 友 去 在 八月　　你又约妹八月玩，

Wenz laail seeul maagtbih* maagtbaauz*,
人 多 收 小豆 览豆　　都忙收小豆览豆，

Wenz laail rib hauxhaaul mal mbaanx.
人 多 收 白米 来 寨　　人们收稻子进寨。

Ndianldeel deengl gaais ndianl miz waangs,
那月 是 个 月 不 闲　　八月还不是闲月，

Ndianl zuangxnganx* miz waangs myaec yaanl*.
月 那样 不 闲 勿 约　　那个月份不能约。

Wangh* ndeeul daangs gueh soongl wangh* yongh,
一人 当 做 两 个 用　　一个当作两人用，

Wenzndeeul aul gueh soongl wenz hoongl.
一人 要 做 两 人 事　　一人要干两人事。

Langl ximl* yaanl* bail ndianllaez mos?
后 哥 约 去 哪月 新　　再约哪月去玩好？

Langl ximl* yaanl* bail xos ndianllangl,
和 哥 约 去 在 后月　　只有约在下月玩，

Ximl* yaanl* yux bail xos ndianlguc.
哥 约 友 去 在 九月　　你又约妹九月玩。

Ndianldeel leeuxboz hanl daanl hauxyaangz,
那月 人家 忙 摘 高粱　　那月都忙摘高粱，

Ndianldeel hanl raabt feangz gueh mongc.
那月 忙 挑 稻草 来 堆　　又忙挑稻草做堆。

Ndianldeel deengl gaais ndianl miz waangs,
那月 是 个 月 不 闲　　九月还不是闲月，

Ndianl zuangxnganx* miz waangs myaec yaanl*.
月 那样 不 闲 勿 约　　那个月份不能约。

Wangh* ndeeul daangs gueh soongl wangh* yongh,
一人 当 做 两 个 用　　一个当作两人用，

Wenzndeeul aul gueh soongl wenz hoongl.
一人 要 做 两 人 事　　一人要干两人事。

Langl ximl* yaanl* bail ndianllaez mos?
后 哥 约 去 哪月 新　　再约哪月去玩好？

Riangz ximl* yaanl* bail xos ndianllangl,
和 哥 约 去 在 后月　　只有约在下月玩，

Ximl* yaanl* yux bail xos ndianlxib.
哥 约 友 去 在 十月　　你又约妹十月玩。

Ndianldeel ndaml bihmax maagtdaaus*,
那月 栽 豌豆 胡豆　　那月栽豌豆胡豆，

Ndiandeel hanl bah rih ndaml mag.
那月 忙 翻 土 栽 麦　　又忙犁土来栽麦。

Ndianldeel deengl gaais ndianl miz waangs,
那月 是 个 月 不 闲　　十月还不是闲月，

Ndianl zuangxnganx* miz waangs myaec yaanl*.
月 那样 不 闲 勿 约 　那个月份不能约。

Wangh* ndeeul daangs gueh soongl wangh* yongh,
一人 当 做 两 个 用 　一个当作两人用，

Wenzndeeul aul gueh soongl wenz hoongl.
一人 要 做 两 人 事 　一人要干两人事。

Langl ximl* yaanl* bail ndianllaez mos?
后 哥 约 去 哪月 新 　再约哪月去玩好？

Riangz ximl* yaanl* bail xos ndianllangl,
和 哥 约 去 在 后月 　只有约在下月玩，

Ximl* yaanl* yux bail xos ndianlidt.
哥 约 友 去 在 十一月 　你又约妹冬月玩。

Ndianlidt nailwaais dauc banz bemz*,
冬月 雪花 来 成 蓬 　冬月正下鹅毛雪，

Wenz laail hanl ramcfenz xos saus.
人 多 忙 砍柴 在 灶 　人们忙砍柴来烧。

Ndianldeel deengl gaais ndianl miz waangs,
那月 是 个 月 不 闲 　冬月还不是闲月，

Ndianl zuangxnganx* miz waangs myaec yaanl*.
月 那样 不 闲 勿 约 　那个月份不能约。

Wangh* ndeeul daangs gueh soongl wangh* yongh,
一人 当 做 两 个 用 　一个当作两人用，

Wenzndeeul aul gueh soongl wenz hoongl.
一人 要 做 两 人 事 　一人要干两人事。

Langl ximl* yaanl* bail ndianllaez mos?
后 哥 约 去 哪月 新 　再约哪月去玩好？

Riangz ximl* yaanl* bail xos ndianllangl,
和 哥 约 去 在 后月 　只有约在下月玩，

Ximl*:
男 | 男：

Rauz maic yaanl* bail jeex ngonzndeeul, 我们 必须 约 去 赶场 一天	必须邀约玩一天，
Rauz maic dangs bail jeex hoobtndeeul. 我们 必须 邀 去 赶场 一周	要玩就要玩一周。
Qyas ndaix yaanl* xih myaec dogt vangs*, 难得 约 就 不 要 落 缺	既然约定勿缺席，
Qyas ndaix dangs xih myaec dogt nduil. 难得 邀 就 不 要 落 空	既然约好勿失约。
Yaanl* bail jeex ngonzxoh myaec fez, 约 去 赶场 明日 不要 荒芜	做的约定勿荒废，
Yaanl* bail jeex ngonzrez myaec ndoil. 约 去 赶场 后天 勿 空	说好的约一定赴。

WEANL YAANL* YUX
认友

Ximl*:
男　　　　男：

Damx hailbas nauz meangh dauc dangz,
才　开口　说　迷恋　来　到
口口声声讲喜欢，

Hail xonz haaus nauz meangh dauc rauh.
开　句话　说　热恋　来　哟
开口就要讲爱恋。

Xianh ndagtrinl lacsec rox nauh,
玩　石头　院坝　会　腐
玩到院边石头烂，

Xunz fiz* dauh rox dauc gudtdeangz.
玩　火塘　会　生　甜蕨菜
玩到火塘长蕨菜。

Xianh zaf yux miz reangz* naaih naais,
玩　咱　友　不　伙　慢　累
玩到妹老再厌倦，

Xunz yuxgaus miz reangz* naaih doc*.
玩　老友　不　伙　慢　弃
玩到妹老再放弃。

Saaul:
女　　　　女：

Basyil* xaaux banz dianh* xunz gaus,
特意　起兴　成　游场　老
找个地方当游场，

Qyasndaix xiny banz dianh* xunz rauc.
难得　兴　成　游场　热闹
每次赴约都去那。

Rauz maic laail lumc legbih leghaz,
我们　要　多　如　饭豆　芝麻
要好像饭豆芝麻，

Haec laail hanh soongl wangh* rauz ndil,
让 别人 羡慕 两 人 我们 好
让人羡慕咱们俩，

Haec laail hanh soongl baaih xunz geangx*.
让 别人 羡慕 两 面 玩 自豪
别人羡慕咱们俩。

Ximl*:
男
男：

Xunz genzmbenl rox xuangs mbaelndaaix,
玩 天上 会 放 麻叶
玩天上赠人麻叶，

Xunz dahhaaic rox xuangs mbaeljinz,
玩 银河 会 放 手巾
银河给人送手巾，

Genzmbenl xuangs rauz xunz leeuxxeeuh.
天上 放 我们 玩 一世
天让我们玩一世。

Xunz genzmbenl rox xuangs mbaelndaaix,
玩 天上 会 放 麻叶
玩天上赠人麻叶，

Xunz dahhaaic rox xuangs mbaeljinz,
玩 银河 会 放 手巾
银河给人送手巾，

Genzmbenl xuangs rauz xunz leeuxxeeuh.
天上 放 我们 玩 一世
天叫我们玩一生。

Saaul:
女
女：

Gol faixlux rauz jeeuc heenzdah,
棵 柳柴 我们 缠 河边
折柳枝来绕河边，

Rauz yinz* yux maic suac dingq mbenl.
我们 认 友 要 要 顶 天
认友就要认一生。

Rauz yinz* yux rox genl rox suans,
我们 认 友 会 吃 会 算
交朋友要有讲究，

Dianh* xunz meangh lix xeeuh zaz* hoz.
游场 迷恋 有一世 末尾 从头到尾认一友。

Xuangs xel guangs xuangs hoz dauc baaic,
放 心 宽 放 喉 来 走 我们放宽心来走,

Mengz nauz raaix miz raaix xeluns?
你 说 真 不 真 心软人 心软的人说真话。

Yinz* xunz maic rox suans bail langl,
认 玩 要 晓 算 去 后 玩时要会做打算,

Ngonzlangl ngonzmos yianghlaez gvas.
后天 明天 怎样 过 今后的路安排好。

Bail buangh* mbenl xaauxeeux xos qyus,
去 半 天 建仓 在 住 在天上建房居住,

Bail buangh* weac xaauxraanz xos qyus.
去 半 云 建房 在 住 在云里建房定居。

Xaaux dianh* xunz riangz yux bail buangs*,
建 游场 和 友 去 游玩 建游场和哥游玩,

Xaaux dianh* xunz riangz mengz gah baaic.
建 游场 和 你 自己 走 建游场和你游玩。

Ximl*:
男 男:

Dianh* xunz meangh dangz gaangl* Jeexbyauc,
游场 迷恋 到 间 花溪 游场建在花溪处,

Ndaml gollux ndeeul jiuc* heenzdah.
栽 棵柳 一 缠 河边 栽棵柳树在河边。

Rauz yinz* yux maic suaj dings* mbenl,
我们 认 友 要 要 抵 天 认友就要认一生,

Rauz yinz* nuangx maic nyuangh* dings weac.
我们 认 妹 要 浑 抵 云 交友就要交一世。

Maic xunz rinl gal ric banz maix*.
要 玩 石 条 溪 成 青苔
玩到石头变青苔。

Qyangl* lix huaq maz nauz miz mbaaus,
看 有 话 什么 说 不 郎
看情哥你有何话，

Qyangl* lix haaus maz nauz miz yux?
看 有 话 哪 说 不 友
友有什么话要说。

Ndaix xibngih xih vanh* nauz gvas,
得 十二 就 叮咛 说 过
十二岁我们说过，

Ndaix xibhac xih vanh* nauz xinl.
得 十五 就 叮咛 说 真
十五岁曾说真话。

Gul nauz nix mengz dez bail dah,
我 说 这 你 带 去 衡量
这样说你自衡量，

Gul nauz nix mengz gah bail neh.
我 说 这 你 自 去 想
说了你自己去想。

Ximl*:
男
男：

Damx haailbas nauz meangh dauc dangz,
刚 开口 说 迷恋 来 到
一开口就说喜欢，

Hail xonz ndux xih nauz bail xunz.
开 句 第一 就 说 去 玩
头句话就说要玩。

Xianh dangz gal dah Jeexbyauc① miz lail,
玩 到 条 河 花溪 不 流
玩到花溪河不流，

Xunz dangz gal dah qinyngaif gah hes,
玩 到 条 河 青岩 会 干
玩到青岩河自干，

Xunz miz mbes dangz meeuz bilsax.
玩 不 厌 到 季 马年
年年月月玩不厌。

① Jeexbyauc，指牛场，花溪过去逢牛日赶场，因此用牛场来指代花溪。

Mengz yuanq miz yuanq me nuangx?
你 愿 不 愿 么 妹

我问情妹肯不肯?

Saaml langl sis mengz yuanq miz yux?
三 后 四 你 愿 不 友

再次问友愿不愿?

Saaul:
女

女:

Saaml langl sis maic xunz yux lox,
三 后 四 须 玩 友 哄

再三再四说要玩,

Maic xunz xih maic xunz yuxgaus.
要 玩 呵 要 玩 老友

要玩就要约老友。

Xianh dangz byal ndaelric rox haaus,
玩 到 鱼 溪里 会 讲话

玩到河鱼会讲话,

Xunz dangz nyaauh ndaelramx rox reeul.
玩 到 虾子 水里 会 笑

玩到河虾会发笑。

Xianh dangz rogjiul rox bos diaglaix*,
玩 到 画眉 会 吹 竹笛

玩到画眉会吹笛,

Xunz dangz roglaic rox bos diagsiz*.
玩 到 麻雀 会 吹 粽笛

玩到麻雀吹粽笛。①

Rauz xih xianh bail hauc bilmos,
我们 就 玩 去 进 新年

我们游玩到明年,

Rauz xih xunz bail qyus xeeuhlangl.
我们 就 玩 去 在 后世

我们玩到下一世。

① 指由粽叶秆做成的笛子。

Nuangx xih ngaail riangz yux bail xunz,
妹 就 爱 和 友 去 游
妹爱和情哥去游，

Saaul xih ngaail riangz mengz bail baaic.
情友 就 爱 和 你 去 走
我爱和哥同路走。

Miz laaul dah riangz haaic dauc laanz,
不 怕 河 与 海 来 拦
不怕河海拦我们，

Miz laaul ric riangz rianz dauc yianl*.
不 怕 溪 与 岩 来 隔
不怕溪岩隔我们。

Rauz laic xians riangz yux bail xunz,
我们 要 须转 和 友 去 游
绕山绕水同哥游，

Rauz laic xians riangz ximl* bail baaic.
我们 要 转 和 哥 去 走
翻山涉水同哥走。

Ximl*:
男
男：

Rumz bail bos mbaelseml* mbaelfaaiz,
风 去 吹 麻柳叶 竹叶
风吹麻柳和竹叶，

Rumz bail bos mbaelfaix jaanglhenz.
风 去 吹 木叶 深夜
夜里风吹木叶动。

Genzmbenl raiz banz bac riangz rumz,
天上 闪电 成 雷 和 风
天上闪电变雷风，

Banz lumc daans riangz mic xih ndil.
成 如 炭 和 锅灰 就 好
能变炭和焦更好。

Yinz* yuxgaus maic qyangl* saauljis,
认 老友 必须 看 伙伴
愿和情妹成伙伴，

Yinz* yuxgaus mic qyangl* bacnax.
认 老友 必须 看 姐妹
关系亲如自家人。

Soongl dinl diab soongl baaih heenzruz,
两 脚 踩 两 边 船沿
两脚踩在船边上，

Soongl fengz riuc soongl guz ndohndaais*.
两 手 提 两 朵 鲜花　　两手拿两朵鲜花。

Xel saaul ngaail yieh aul miz ndaix,
心 情友 爱 也 要 不 得　　妹在岸边想要花，

Xel ximl* ngaail yieh aul miz ndaix.
心 哥 爱 也 要 不 得　　哥在船里递不到。

xib zuangc* laic ndanldaus me aagt*,
十 种 必须 梭子 来 跑　　要变梭子来回跑，

Soongl baaih doc lix xel rox dangz.
两 边 都 有 时 会 到　　两边都会有时到。

Saaul:
女　　女：

Benj deengl xinl dazraaix lengc deanl,
本 是 真 确实 才 叙　　本是真理才会说，

Miz deengl haaus riangz weanl lengc lox.
不 是 话 和 歌 才 哄　　非为对歌才来哄。

Benj deengl xinl dazraaix lengc nauz,
本 是 真 确实 才 说　　千真万确妹才说，

Miz deengl haaus bozrauz lengc lox.
不 是 话 我们 才 哄　　不是真话不会说。

Zehnyamz* gaangc yianghmaaic gvas ngonz,
尽快 讲 迷恋 过 日子　　相亲相爱过日子，

Zehnyamz* gaangc yianghmeangh gvas xeeuh,
尽快 讲 热恋 过 一世　　尽快相恋过一世。

Myaec leanl* doc* ngonzlaez lengc hof,
不要 乱 弃 哪天 才 对　　千万不要乱遗弃，

Myaec leanl* naais ngonzlaez dazraaix.
不要 乱 累 哪天 真实　　真正不能有厌倦。

WEANL GAH NEH
幻想

Ximl*：
男　　　　　　　　　　男：

Isnauz ndaangl dauc fead rox mbinl,
如果　身　长　翅　会　飞　　　　如果我长翅能飞，

Isnauz ndaangl siml* gah rox bians.
如果　身　哥　自　会　变　　　　如果哥身体能变。

Ximl* bail bians banz bux raanzmengz,
哥　去　变　成　个　你家　　　　变成你家中一员，

Ximl* bail bians banz wenz raanzyux.
哥　去　变　成　人　友家　　　　变成情友家的人。

Diaml* saaul nangh zoc* doh genlngaaiz,
参　情友　坐　桌　一　吃早饭　　　　和妹同桌吃早饭，

Diaml* saaul nangh dungxbaaiz genlhaux.
参　情友　坐　同排　吃饭　　　　挨妹同边吃早饭。

Diaml* saaul nangh zoc* doh genlringz,
参　情友　坐　桌　一　吃午饭　　　　和妹同桌吃午饭，

Diaml* saaul nangh baaihndeeul genlhaux.
参　情友　坐　一边　吃饭　　　　和妹一起共进餐。

Diaml* saaul nangh zoc* ndeeul genlxauz,
参　情友　坐　一桌　吃晚饭　　　　与妹同桌吃晚饭，

Diaml* saaul nangh dangs doh genlhaux.
参　情友　坐　一凳　吃饭　　　　和妹同凳吃晚饭。

Ximl* banz wangh* rox ruangh mengz mbaaus,
哥 成 一个 会 思念 你 郎 哥成想念你的人，

Ximl* banz wenz rox maaic mengz yux.
哥 成 一个 会 热恋 你 友 哥成爱恋你的人。

Meanhnix bius fead miz rox mbinl,
这时 无 翅 不 会 飞 这时哥无翅难飞，

Meanhnix ndaangl ximl* miz rox bians.
这时 身 哥 不 会 变 这时身体不会变。

Miz ndaix bians banz bux raanzsaaul,
不 得 变 成 人 妹家 哥未变成妹家员，

Fih ndaix bians banz wenz raanzyux.
不 得 变 成 人 友家 我未变为妹家人。

Miz ndaix nangh xoongz ndeeul genlngaaiz,
不 得 坐 一 桌 吃早饭 没有同桌吃早饭，

Miz ndaix nangh dungxbaaiz genlhaux.
不 得 坐 同排 吃饭 未挨妹同边吃饭。

Miz ndaix nangh zoc* ndeeul genlringz,
不 得 坐 一桌 吃午饭 未共一桌吃午饭，

Miz ndaix nangh ul* yingz* genlhaux.
不 得 坐 做 伙 吃饭 没有共一伙吃饭。

Miz ndaix nangh zoc* ndeeul genlxauz,
不 得 坐 一桌 吃晚饭 没有共桌吃晚饭，

Miz ndaix nangh dangs doh genlhaux.
不 得 坐 凳 一 吃饭 未和妹同凳吃饭。

Ximl* banz wangh* miz ruangh mengz mbaaus,
哥 成 一个 不 念 你 郎 哥不是不思念妹，

Ximl* banz wenz miz maaic mengz yux.
哥 成 一个 不 热恋 你 友 哥不是不喜欢妹。

Saaul:
女 | 女:

Nauz nix xih mengz nyiel yux nyih,
说 这 就 你 听 友 二 | 再说这些给哥听,

Xunz xangyjinq xangyyiy rauz ndil.
玩 相敬 相依 我们 好 | 相依相偎感情深。

Mailsil damc bangxaaux lengc banz,
丝线 织 绸缎 才 成 | 丝线织缎才成功,

Mailsil damc banz bangz lengc needt.
丝线 织 成 布 才 实 | 丝线织绸才牢实。

Bangz vez* sis riangz bangz vez* hac,
布 边 四 和 布 边 五 | 布边四股五股线,

Bangz vez* sis aul* jiml riangz zac*.
布 边 四 要 金线 与 织 | 金线丝线织花绞。

Ruangh lumc bux damcros ruangh mail,
思念 如 人 织布 思念 线 | 想哥如织布须线,

Ruangh yuxgaus ronlgail ruangh qvax.
思念 老友 路远 思念 憨 | 想哥想得憨又傻。

WEANL XEL WUANC*
动情

Saaul: 女	女:
Saaul bux hoc youq miz jiny lox, 情友 穷人 又 不 经 哄	穷家女经不起哄,
Nuangx buxnaanh youq miz jiny yueh. 妹 苦难人 又 不 经 诱	苦难妹难拒诱惑。
Soongl xonz haaus xih lox saaul wuz*, 两 句 话 就 诱 情友 心浮	两句话诱妹动情,
Soongl xonz haaus xih yueh saaul wuanc*. 两 句 话 就 哄 情友 心动	两句话诱妹动心。
Qyus genzmbaanx lumc qyus genzonl, 住 寨上 如 住 刺上	住寨上如坐刺上,
Baaic jaangl ronl lumc bux gaaulsaz. 走 中间 路 如 那些 划船	走路摇晃如划船。
Qyus genzonl miz bux laez xumz, 住 刺上 无 哪人 同 耍	坐刺上无人陪玩,
Qyus genzdah miz bux gaaulsaz. 住 河上 无 哪人 划船	住水上无人划船。
Lox leeux guangs* bacnax* saaul wuz*, 哄 全 伙伴 姐妹 情友 浮	哥话让妹动了情,
Yueh leeux guangs* saauhduz* saaul wuanc. 哄 全 部 伙伴 情友 心动	哥语让妹动了心。

Ximl* :
男

男方：

Damx axbas xih nauz ximl* lox,
才 开口 就 说 哥 诱
开口就说哥引诱，

Xonz haaus ndux xih nauz ximl* yueh.
句 话 前面也 说 哥 哄
开头就说哥哄骗。

Laail xih lox bux jail bux jiangs*,
人家 就 诱 那 远 那 阔
要哄就哄远方人，

Laail xih yueh bux sis hac ngonzronl.
人家 就 哄 人 四 五 天路
要骗就骗路遥人。

Deengl laez lox dangz beanghxunz gaus,
是 哪 诱 到 游场 旧
哪个来诱旧情人，

Deengl laez yueh dangz dianh* xunz rauc?
是 哪 骗 到 游场 热恋
哪个会骗老情人？

Ndingl* miz lox dangz mengz siq xinl,
绝 不 诱 到 你 是 真
真的不会来哄你，

Ndingl* miz yueh dangz mengz dazraaix.
绝 不 骗 到 你 真实
实话说不会骗你。

Saaul:
女

女：

Nauz nix xih mengz nyeil yux lox,
说 这 那 你 听 友 哄
情哥听我一句言，

Xel saaul soh lumc faaiz henz dah.
心 情友 直 如 竹 边 河
我心直如河边竹。

Laail yinz* goons gul dauc yinz* langl,
别人 认 前 我们 来 认 后
别人先认我后认，

Rauz yinz* yux myaec laaul haaussais*.
我们 认 友 勿 怕 闲言
交朋友不怕闲言。

Myaec laaul feax senc* haaus buangh* ronl,
不要 怕 别人 接 话 半 路

莫怕他人闲言欺，

Myaec laaul feax senc* haaus buangh* luag*.
不要 怕 别人 接 话 半 冲

莫怕他人添鬼话。

Haaus buangh* ronl deel benc miz soh,
话 半 路 它 本来 不 直

半路的话本不真，

Haaus buangh* luag* deel benc miz ndil.
话 半 冲 它 本来 不 好

半路的话本不好。

Maic saaul gaangc haec ximl* lengc sins,
要 情友 讲 给 哥 才 信

妹口讲出哥才信，

Maic ximl* jis haec saaul lengc neenl.
要 哥 叙 给 妹 才 记

哥口说出妹才记。

Damx laaul nauz haaus mal lox rauz doc*,
只 怕 说 话 来 哄 我们放弃

只怕别人来离间，

Damx laaul buxheenz dauc mal naail.
只 怕 旁人 来 来 打招呼

只怕旁人来破坏。

Damx laaul buxrex* ral xel dauc zez*,
只 怕 旁人 怂恿 来 累

怕人趁机来怂恿，

Laaul buxmos dauc duq yieh myaec doc*.
怕 陌生人 来 妒 也 勿 放弃

生人来妒勿放弃。

Ximl*:
男

男：

Weiq mengz lox meeuz waais gul luangl*,
为 你 哄 季 棉 我 错

因你哄我棉栽晚，

Weiq mengz lox meeuz wuangl* gul loodt.
为 你 哄 季 农活 我 迟

因你哄我稻迟种。

Meeuz loodt gul xih benc miz qiq,
季 迟 我 也 本来 不 气

迟种庄稼不生气，

Aul zaf yux maaic ndil xih banz.
要 咱 友 爱恋 好 就 算　　得妹心意就高兴。

Meeuz loodt gul xih benc miz hamz,
季 迟 我 也 本来 不 苦　　庄稼种晚本不恨，

Aul zaf yux maaic xunz xih ies.
要 咱 友 热恋 玩 就 算　　得妹情意就欢喜。

Saaul:
女　　女：

Xos raanz qyus miz xaml riangz laix*,
在 家 住 不 安心 与 伙子　　在家不安为情哥，

Xos raanz qyus miz ndaix riangz ximl*.
在 家 住 不 得 与 哥　　坐立不安为情友。

Nuangx qyus raanz banz meangh azdaanz*,
妹 在 家 成 迷恋 提心吊胆　　情妹在家不安心，

Hozbenl faans guangsraanz* bail qvunx*.
生气 翻 房坎 去 那边　　一气翻围墙过去。

Xeeuh haec xabt laz deel miz xabt,
世 叫 遇 呵 他 不 遇　　想遇的人没遇到，

Xabt diz* boh gul baaic guangsvaail*,
遇 父亲 我 走 堰坎　　正遇父亲过堰坎，

Xabt diz* yeex gul waaic gvas dah.
遇 爷爷 我 涉 过 河　　遇着爷爷淌河过。

Deel dauc laanx gul myaec bail buangs*,
他 来 拦 我 勿 去 游　　他来拦我拦不住，

Deel dauc zaangc* gul laic bailxunz,
他 来 叉 我 要 去游　　用手叉我叉不住，

Deel laic ramc dinlfengz saaul doc*.
他 要 切 手脚 情友 丢　　他要砍断我手脚。

Nuangx naaih gaangc haaus xinl mengz nyiel,
妹 慢 讲 话 真 你 听 听我讲真话给你，

Saaul naaih jees haaus leeux mengz nyiel.
情友 慢 数 话 完 你 听 让我把话说到底。

Dinlfengz duans deel senc* rox ndil,
手脚 断 它 接 会 好 脚手断能接得好，

Dianh* xunz luadt* laail bil miz ndaix.
娱乐场 迟 多 年 不 得 机会失去难挽回。

Dinlfengz doons deel senc* rox banz,
脚手 断 它 接 会 成 脚手断了接得成，

Dianh* xunz luadt* laail ngonz miz ndaix.
娱乐场 迟 多 天 不 得 玩时流失难找回。

Ximl*:
男 男：

Nauz beangzgenz ximl* bail xunz zax*,
说 上方 哥 去 游 稀 虽哥上方去得少，

Nauz beangzlac ximl* bail xunz leeux.
说 下方 哥 去 游 遍 但哥下方已游遍。

Lengcranl baanc* xaanghlox diz* wenz,
才见 这般 能哄 的人 才见你这样会哄，

Lengcranl baanc* bux mengz xaanghyueh.
才见 这般 个人 你 能诱 才见你这般能诱。

Lox laail dauc gul laic widmingh,
诱 多 来 我 要 丢命 诱多哥们要丢命，

Yueh laail dauc deengl mingh diz* wenz.
诱 多 来 是 命 人员 再哄就要丢人命。

Mengz vianz* rib minghwenz miz saaul?
你 肯 收 人命 不 情友 问你肯收人命吗？

Mengz vianz* xux minghwenz miz yux?
你 肯 接 人命 不 友
问你肯要人命吗?

Saaul:
女
女:

Ndaelsel youq nauz rauz xel dungxhaab,
书上 又 说 我们 心 相连
书说我们心相连,

Ndaelsel daanh* rauz gaangc xel ndil.
书上 望 我们 讲 心 好
书说我们心合心。

Deel miz haec soonglrauz banz guh,
他 不 让 我们 成 双
但他不让咱成双,

Xib deeuz sinx* laic haec baamxsians*.
十 条 情 要 让 泡影
十份情要成泡沫。

Soongl xonzhaaus mbiadt leeux ruangz* beangz,
两 句话 摆 完 一地方
像你只顾着游玩,

Soongl xonzhaaus lumz ngeanx* xih leeux.
两 句话 忘 结挞 就 完
两句话就忘姻缘。

Miz deengl huaq yaanghdeel bah mbaaus,
不 是 话 那样 吧 郎
情哥别说那样话,

Miz deengl haaus yaanghdeel bah yux.
不 是 话 那样 吧 友
情哥别出那样言。

Ximl*:
男
男:

Lox ximl* daail riangz yueh ximl* lamx,
骗 哥 死 和 骗 哥 倒
骗哥倒下起不来,

Lox ximl* daail qyus dah Mbaanxgamx.
骗 哥 死 在 河 石坎寨
骗哥死在石坎寨。

Daail qyus dah Mbaanxgamx weiq mengz,
死　在　河　石坎寨　为　你

为你死在石坎寨，

Daail qyus dah Mbaanxrungz[1] weiq yux.
死　在　河　大寨　为　友

为友死在大寨河。

Daail qyus dah Jeeuzgungx weiq nuangx,
死　在　河　湾桥　为　妹

哄哥死在湾桥下，

Daail qyus dah Qinyngaif weiq lox.
死　在　河　青岩　为　哄

哄我死在青岩河。

Saaul:
女

女：

Lox nuangx daail riangz yueh nuangx lamx,
骗　妹　死　和　骗　妹　倒

骗妹倒下起不来，

Lox yux daail xos dah Mbaanxgamx.
骗　友　死　在　河　石坎寨

骗妹死在石坎寨，

Daail xos dah Jeexbyauc gel byal,
死　在　河　花溪　喂　鱼

死在花溪河喂鱼，

Daail xos dah Qinyngaiz gel nyauh.
死　在　河　青岩　喂　虾

死在青岩河喂虾。

Boh riangz meeh bail ral miz daaus,
父　和　母　去　找　不　回

父母去找也不见，

Boh riangz meeh bail ral miz xaabt.
父　和　母　去　找　不　遇

父母去找也不遇。

Maic zaf yux bail ral lengc daaus,
必须　咱　情友　去　找　才　回

情哥去找我才回，

Maic zaf mbaaus bail ral lengc xaabt.
必须　咱　郎　去　找　才　遇

良哥去找才相遇。

---

[1] 大寨，地名，指贵阳市花溪区花溪大寨。

Ximl*：
男

男：

Weiq saaul lox riangz weiq saaul yueh,
因为 情友 哄 和 为 情友 骗

因为妹多次哄骗，

Weiq saaul lox ximl* gaail waaizxaaus,
因为 情友 哄 哥 卖 牯牛

哄哥卖掉大水牛，

Weiq saaul yueh ximl* gaail waaizzongc*.
因为 情友 骗 哥 卖 种牛

哄哥卖掉了种牛。

Weiq saaul lox riangz weiq saaul yueh,
因为 情友 骗 和 为 情友 哄

因为妹多次哄骗，

Weiq saaul lox ximl gaail maxhaaul,
因为 情友 哄 哥 卖 白马

哄哥卖掉了白马，

Meeuzhaux luadt yieh weiq saaul lox.
庄稼 迟 也 为 情友 哄

庄稼晚种也因妹。

RINL NDAELNAZ HAAILNDAAIS*

田中石头开了花

Saaul:
女　　女:

Soongl rauz yueq xunz yueq dungxndil,
两 我们 越 玩 越 好　　咱们越玩越情深,

saaml langl sis rauz xunz ndilmaaiz.
三 后 四 我们 玩 好玩　　咱们越玩越意重。

Rauz maic xunz dangz legbih banz xaz,
咱 要 玩 到 饭豆 成 丛　　玩到饭豆长成丛,

Rauz maic xunz dangz legraz banz faix.
咱 要 玩 到 芝麻 成 树　　玩到芝麻长成树。

Xunz dangz mbux dagtlauc dauc mbael,
玩 到 葫芦 舀酒 长 叶　　玩到葫芦生叶子,

Xunz dangz ramxsael gah banz nyaangs.
玩 到 清水 自 成 酒浆　　玩到清水变酒浆。

Xunz dangz duldaangs dauc gol haz,
玩 到 窗子 生 棵 茅草　　玩到窗户生茅草,

Xunz dangz duldaangs dauc xoongx hazdaaic.
玩 到 窗子 生 丛 丝茅草　　玩到窗户生丝茅。

Xunz dangz dahhaaic genzmbenl rox xians,
玩 到 银河 天上 会 转　　玩到银河会旋转,

Xunz dangz sismianh bol rox baaic.
玩 到 四面 山 会 走　　玩到山坡会移动。

Xunz dangz duezbyal ndaelric rox haaus,
玩　到　鱼　溪内　会　话　　玩到鱼儿会说话，

Xunz dangz dueznyaauh ndaelric rox reeul.
玩　到　虾　溪内　会　笑　　玩到虾儿会发笑。

Xunz dangz rogjeeul rox bos diagtlaix*,
玩　到　画眉　会　吹　木箫　　玩到画眉会吹箫，

Xunz dangz roglail rox bos diagtxif*.
玩　到　麻雀　会　吹　草笛　　玩到麻雀会吹笛。

Xunz dang ndagtrinl jaanglnaz haailndaais*,
玩　到　石块　田中　开花　　玩到石头会开花，

Rinl ndaelnaz deel haail ndaais* log.
石　田里　它　开　绿花　　玩到石头开绿花。

Ndaais* ndagtrinl deel naanz ndaix rees.
花　石块　它　难　得　谢　　石头开花不易谢，

Ximl* riangz saaul xih naanz ndaix byah.
哥　和　情友　就　难　得　分离　　哥和情友难分离。

WEANL RUANGH
思念

Saaul:
女　　女:

Deengl banzzongc* galdah miz yianl*,
是 如若 条河 不 隔　　若无这条河相隔,

Deengl banzzongc* baangxbyal miz ramc.
是 如若 峭壁 不 切断　　若是无峭壁隔开。

Hadt diaml* hamh yieh baaic dangz mengz,
早 和 晚 也 走 到 你　　早晚都能碰到你,

Hadt diaml* hamh yieh xunz dangz yux.
早 和 晚 也 游 到 友　　早晚游玩遇见你。

Meanhnix lix deeuzdah nix yianl*,
这时 有 条河 这 隔　　实际有这河相隔,

Meanhnix lix baangxbyal nix ramc.
这时 有 岩壁 这 切断　　这时有山岩切断。

Hadt diaml* hamh miz baaic dangz mengz,
早 和 晚 不 走 到 你　　早晚不能来会你,

Hadt diaml* hamh miz xunz dangz yux.
早 和 晚 不 游 到 友　　早晚不能会情哥。

Gul banz bux miz ruangh mengz mbaaus,
我 成 人 不 思念 你 郎　　好像我不忌念郎,

Saaul banz wenz miz maaic mengz yux.
情友 成 人 不 想 你 友　　好像我不搭理哥。

Ximl*：
男 | 男：

Soongl bil goons haz fih roxnac,
两 年 前 还 未 认识 | 前两年不认识妹，

Goons jauc ndux youq miz roxxoh.
前 头 初 又 不 知名 | 从前不知你名字。

Soongl bil goons bail jeex miz ranl,
两 年 前 去 赶场 不 见 | 两年前赶场未见，

Mizrox gaangc bail ronl laez leh.
不知 讲 去 路 哪 换 | 不知怎样认识妹。

Soongl bil goons bail ronl miz bungz,
两 年 前 去 路 不 遇 | 两年前路上不遇，

Miz rox gaangc dangz buangl* laez leh.
不 晓 讲 到 方向 哪 换 | 不知从何处识友。

Xac roxnac wenzlaail leh doh*,
等 认识 别人 换周全 | 别人已经先认友，

Xac roxxoh wenzlaail lehleeux,
等 知名 别人 换完 | 别人比我先识友。

Meanhnix dauc dangz nix lengc ranl,
这时 来 到 这 初 见 | 这时来到才见妹，

Ximl* lengc gaangc dangz ronl nix leh.
哥 初 讲 到 路 这 换 | 我才初来认识友。

Saaul：
女 | 女：

Miz laaul jac hauxxud dogt langl,
不 怕 秧地 糯谷 撒 迟 | 不怕糯谷撒迟了，

Miz laaul jac hauxhongl dogt loodt.
不 怕 秧地 红稗 撒 晚 | 不怕红稗撒晚了。

Jac dogtloodt yieh rib ndaix haux,
谷 后撒 也 收 得 米 晚种庄稼也丰收，

Meanhlangl rauz rox xunz ndaix naanz.
以后 我们 会 游 得 久 虽识晚但玩久远。

Qyangl* nauz xinl miz ximl* lengcfungf?
看 说 真 不 哥 初逢 你相信吗初识哥？

Qyangl* nauz xinl miz yux lengc bungz?
看 说 真 不 友 初 偶 你相信不初遇哥？

Ximl*:
男 男：

Laail ngonz ximl bail bol dulnac,
多 天 望 去 坡 对门 常常远眺对门坡，

Bol dulnac lix soongl xaz ngauz.
坡 对门 有 两 蓬 人影 对坡山花像人影。

Nuangx aul ngauz ndeeul mal lox siml*,
妹 要 人影 一 来 哄 哥 妹显一影来哄哥，

Saaul yongh jisndeeul yueh yux wuanc*.
情友 用 一枝 哄 友 心动 另一影哄友心动。

Ximl* xih gaml waldanglngonz dangz jaec,
哥 就 拿 葵花 到 近前 哥拿葵花到坡前，

Dangz reegtjaec miz ranl xih daaus.
到 临近 不 见 就 转 到那不见妹就回。

Ximl* miz nyiel weanl mengz xih daaus,
哥 不 得 歌声 你 就 回 未听见妹歌就回，

Gul miz ndaix xonzhaaus mengz xih deeuz.
我 不 得 句话 你 就 走 未得交谈我就走。

Saaul:
女　　女：

Laail ngonz meangh dungx bol dungx mbaanx,
多 天 望 同 坡 同 寨
希望同哥共个寨，

Laail ngonz meangh dungxbaangx genz raanz.
多 天 望 共山腰 上 房
期望同哥共后坡。

Laail ngonz meangh dungx mbas* miz ndaix,
多 天 望 同 锄 不 得
希望共事也不行，

Laail ngonz rauz gueh laix miz banz.
多 天 我们 做 墩 不 成
同墩过河也不成。

Meanhnix hozbenl gah weiq mbaaus,
现在 生气 只 为 郎
现在生气为情哥，

Meanhnix guehnyah gah weiq yux.
现在 生气 只 为 友
为了情哥我生气。

Ximl*:
男　　男：

Xeeuhlaez naamh genz mbaanx rox mbol,
哪辈 泥 上 寨 会 松
哪时寨后泥会松，

Xeeuhlaez bol genz mbaanx rox xians.
哪辈 坡 上 寨 会 转
哪时寨后坡会动。

Xeeuhlaez xians riangz saaul dungx mbaanx,
哪辈 转 和 情友 共 寨
哪时转与妹共寨，

Xeeuhlaez xians riangz yux dungx beangz.
哪辈 转 和 友 共 一方
转去同妹共一方。

Diaml* saaul dungx dianh* jeex ndeeul reangz,
同 情友 共 场坝① 一 赶
同妹赶一处场坝，

① 场坝即集市。

Diaml * saaul dungxbeangz ndeeul baaic.
同 情友 共地方 一 走 与妹同一地方走。

Meahnix naamh genzmbaanx miz mbol,
现在 泥 上寨 不 松 现在寨后泥未松,

Meahnix bol genzmbaaix miz xians.
现在 坡 上寨 不 转 现在寨后坡未动。

Miz ndaix xians riangz saaul dungx mbaanx,
不 得 转 与 情友 共 寨 没有转与妹共寨,

Miz ndaix xians riangz yux dungx beangz.
不 得 转 与 友 共 地方 没有与妹共一方。

Miz ndaix dungx dianh * jeex ndeeul reangz * ,
不 得 共 场坝 一 赶 没有共一场坝赶,

Miz ndaix dungx zungh * xiangz ndeeul baaic.
不 得 共 朝门① 一 走 没有共一大门走。

Ximl * banz wangh * miz ruangh mengz naangz,
哥 成 一个 不 思念 你 女郎 情哥不是不思念,

Ximl * banz wenz miz maaic mengz yux.
哥 成 一个 不 迷恋 你 友 情哥不是不搭理。

Naaih neh dauc ndilhamz ya nuangx,
慢 想 来 好气 呀 妹 想来好生气呀妹,

Naaih neh dauc hozbenl ya yux.
慢 想 转 好气 呵 友 想来就生气呀友。

Ximl * :
男 男:

Meeuz bangziel② yieh meangh saaul ruh * ,
季 药布 也 望 情友 煮晒 这季药布望妹煮,

---

① 朝门即大门。
② Bangziel 药布,即指染布。

Jongs beahmos yieh meangh saaul xaaiz.
件 新衣 也 望 情友 裁

今年新衣望友裁。

Guhhaaiz laaic yieh meangh saaul saanl,
双鞋 破 也 望 情友 编

草鞋破了望友编，

Haaizbangz bees yieh meangh saaul xex.
双鞋 烂 也 望 情友 买

布鞋烂了望哥买。

Guhndux songs mal haz fih mangl*,
一对 送 来 还 未 旧

前双草鞋未穿烂，

Saaul youq saanl guhlangl dauc buc.
情友 又 编织 第二双 来 补充

新的草鞋又送到。

Guhndux saanl aul aaux had ndangl,
前一双 编 要 绸 扎 鼻

前双用丝绸缠鼻，

Guhlangl saanl mailniangz* had jeeuc.
第二双 编 丝线 扎 后跟

后双丝线绣鞋跟。

Ngonznix ximl* riuc xos fengz yieh mbaaus*,
今天 哥 提 在 手 也 美

提在手里既美观，

Xeznix ximl* danc xos dinl yieh hanh*.
今天 哥 穿 在 脚上 也 美

穿在脚上又美丽。

Buxhas ranl Buxhas xih nauz hanh,
汉族 见 汉人 就 说 羡慕

汉族看见说羡慕，

Buxyeeuz ranl Buxyeeuz haaus daaiz.
苗族 来 苗族 话 赞

苗族看见也赞扬。

Guhhaaiz mos mengz gaail miz nuangx?
双鞋 新 你 卖 不 弟

兄弟你新鞋卖吗？

Guhhaaiz danc mengz gaail miz nuangx?
双鞋 穿 你 卖 不 弟

脚上的鞋你卖吗？

Guhhaaiz mos nuangx benc miz gaail,
双鞋 新 弟 本来 不 卖

这双新鞋本不卖，

Guhhaaiz danc nuangx benc miz gaail.
双鞋 穿 妹 本来 不 卖
脚上的鞋不能卖。

Deengl zaf yux dallaail saanl songs,
是 咱 情友 心眼多 编 送
鞋是情友编送我，

Deengl zaf saaul dallaail aul haec.
是 咱 情友 心眼多 要 给
鞋是情妹送给我。

Dez bail weic genzxiangz xeeus yaangh,
带 去 挂 朝门上 照 样
挂在朝门能辟邪，

Dez bail weic xos dulraanz baauc mingh.
带 去 挂 在 屋门 保 命
挂在屋前能保命。

Ximl*:
男
男：

Naaihgaiz* baaic riangz naaihgaiz* xunz,
缓慢 走 和 缓慢 游
边玩边耍慢慢走，

Naaihgaiz* xunz dangz beangz Siqcuany.
缓慢 要 到 地方 四川
慢慢要到四川去。

Dangz jaanglronl haaiznyuz xih laaic,
到 半路 草鞋 就 破
刚到半路草鞋破，

Fih dangz Siqcuany haaiznyuz ruix.
未 到 四川 草鞋 烂
未到四川草鞋烂。

Gul xih dangs nuangxsaaul aul haec,
我 就 嘱咐 情妹 要 送
带信叫妹送双鞋，

Ximl* xih meangh maix yux saanl songs.
哥 就 望 个 友 编 送
希望情友编送我。

Saanl guhndux aul aaux had ndangl,
编 头双 用 绸 扎 鼻
前双用绸编鞋尖，

Saanl guhlangl mailniangz* had jeeuc.
编 第二双 丝线 扎 后跟
后双丝线扎鞋跟。

Riuc mal weic xos genz dulzih*,
提 来 挂 在 上 侧门
提来挂在侧门上，

Dez mal weic xos zih* dulyianl.
带 来 挂 在 旁边 隔门
拿来挂在隔门边。

Bohmeeh mianz* bail youq mianz* daaus,
父母 瞧 去 又 瞧 回
父母瞧去又瞧来，

Bixnuangx mianz* bail yieh mianz* dauc.
兄弟 瞧 去 又 瞧 来
弟兄看去又看回。

Wangh* laez saanl haaiz niadt* haec leg,
哪个 编 鞋 实 给 儿
谁人编草鞋给你，

Maixlaez saanl haaiznyuz haec nuangx?
哪个 编 草鞋 给 弟
草鞋是谁送给你？

Nauz deengl yux ximl* saanl songs daaus,
说 是 友 哥 编 送 给
是我情友编来送，

Nauz deengl nuangx ximl* aul mal haec.
说 是 妹 哥 拿 来 送
是我情妹拿来送。

Boh riangz meeh xih yaanghnix hams,
父 和 母 就 这样 问
父亲母亲这样问，

Bix riangz nuangx yieh daaus nix nauz:
兄 和 弟 也 转 这 说
兄和弟也这样说：

Mengz aul yaangzmaz daausjeeus naangz?
你 要 哪样 回赠 女郎
用什么回赠别人？

Mengz aul gusmaz mal daausraabt yux?
你 要 哪样 来 回赠 友
什么礼物赠情妹？

Dangz hadt gaex siml* genl ngaaiz romh,
到 早上 亥日 哥 吃 早饭 早
亥日早上吃了饭，

Genl ngaaiz romh weiq ndil bailjeex.
吃 早饭 早 为 好 上街
早吃饭为早赶场。

Ximl* dams jauc byaaic bail haanghmail,
哥 低 头 走 去 线市场　　　　哥朝丝线市场去，

Ximl* qyoljauc leez bail haanghwaais.
哥 抬头 跑 去 棉花市　　　　哥朝棉花市场走。

Ximl* bail jibt mailndingl maillog,
哥 去 捡 红丝线 绿线　　　　挑选红线和绿线，

Ximl* bail jibt mailheenc mailog.
哥 去 捡 黄色线 绿线　　　　选购黄线和绿线。

Dez mal saanl ndaix saaml gadtlog,
带 来 编 得 三 条绿带　　　　编成三条绿色带，

Dez mal damc ndaix sis mbaeljinz.
带 来 织 得 四 张巾　　　　回来织成四张巾。

Gadtlog dauc daausjeeus mengz saaul,
绿色带 来 回赠 你 情友　　　　绿色带回赠情妹，

Mbaeljinz daausraabt riangz mengz yux.
张巾 来回赠 随 你 友　　　　手巾慰劳你情友。

Saaul:
女　　　　女：

Rauz maic gaangc bail weanl meangh daail,
我们 要 讲 去 歌 爱恋 死　　　　真正相爱死一起，

Rauz maic nauz bail weanl meangh lamx.
我们 要 叙 去 歌 爱恋 倒　　　　真正相恋倒一起。

Xaizxaiz daail qyus lac faixngauh*,
齐齐 死 在 下 柏树　　　　一起死在柏树下，

Xaizxaiz nauh xos henz faixjil.
齐齐 腐烂 在 边 松树　　　　一同死在柏树脚。

Boh rox soonglrauz daail bail reangz*,
父 知 我们 死 去 相随　　　　父知死去在一起，

Wenzbeangz yieh rox daail banz guh.
世人 也 知 死 成 双

世人知咱死成双。

Xaizxaiz baaic dangz dongh beangzgenz,
齐齐 走 到 坝 上方

一起走到上方去，

Rauz mbees* nac bail baaih genzmbenl,
我们 转脸 去 那边 天上

一起转到天上去。

Ximl*:
男

男：

Nauz ronl daail deel haz lix xaaux,
讲 路 死 它 还 有 早

讲到死为时过早，

Nauz ronl bail deel haz lix jaiz.
讲 路 去 它 还 有 远

讲离去日子还远。

Rauz maiz xunz dangz bilndianl gucxibrogt,
我们 要 玩 到 年龄 九十六

要玩到九十六岁，

Rauz maic xunz dangz reznogt* lengc doc*.
我们 要 玩 到 耳聋 才 弃

到眼瞎耳聋再弃。

Rauz maic xunz dangz bilndianl gucxibbeedt,
我们 要 玩 到 年龄 九十八

要玩到九十八岁，

Rauz maic mbeedt* gaml dengx lengc doc*,
我们 要 摆 拿 拐杖 才 弃

玩到拄拐走才死。

Saaul:
女

女：

Saaul meangh banzguh banzdois bail xunz,
情妹 望 成双 成对 去 玩

成双成对去游玩，

Saaul meangh banzmongc* bail buangs*.
情妹 望 成群 去 游荡

成群结队去游玩。

Rauz maic henc bail genl bolduz,
我们 要 上 去 上面 独山
我们要上独山顶，

Neengzbol lix ric riangz mbos,
上面 有 溪 和 井
独山有溪流和井。

Saangl deel dos* jeeuhndingl jeeuhlux*,
上面 它 造 红轿 绿轿
他造红轿和绿轿，

Saangl deel dos* jeeuh dauc xux.
上面 它 造 轿 来 接
造轿来接我们俩。

Rauz henc dangz mbenl bail qyus,
我们 上 到 天上 去 居住
我们到天上去住，

Rauz baaic dangz mbenl bail xunz.
我们 逛 到 天上 去 玩
我们到天上去玩。

Laaul bohmeeh miz haec rauz nangh jeeuh,
怕 父母 不 给 我们 坐 轿
父母不让咱坐轿，

Rauz gah dos mbagtlail gah henc.
我们 自己 造 楼梯 自 上
我们造梯爬上去。

Laaul bohmeeh miz haec rauz reangz*,
怕 父母 不 给 我们 跟随
父母不许在一起，

Rauz gah xex genzbeangz gah qyus.
我们 自己 买 上界 在 住
我们买上界同居。

Bail xianh dungx goihmax ndeeul henc,
去 逛 共 骑马 一 上
去玩同骑一匹马，

Bail xunz dungx ndanljeeuh ndeeul nangh.
去 游 同 轿子 一 坐
去游同坐一台轿。

Ximl*:
男
男：

Daail aul ndos bail bol saaml saux*,
死 要 骨 去 坡 三 竹竿
死了骨葬三个坡，

Daail aul ndos bail mauh saaml yianl*.
死 要 骨 去 坡顶 三 隔
葬在相连三座山。

Daail bail haml gezlaez me saaul?
死 去 葬 哪里 呵 情友
到底死葬哪坡好?

Daail bail haml gazlaez me yux?
死 去 葬 哪里 呵 友
葬在哪坡才合适?

Daail bail haml bolhaaul Mbaanxhruangs*①,
死 去 葬 白坡 麦翁
葬在麦翁白山下,

Daail bail haml bohduz* Mbaanxdaz*.
死 去 葬 独坡 麦达
葬在麦达独坡脚。

Naaih nauz naaih gaangc mengz mal nyiel,
慢 叙 慢 讲 你 来 听
等我慢慢讲你听,

Naaih nauz naaih gaangc mengz mal rox.
缓慢 叙 慢 讲 你 来 晓
我慢说给你知晓。

Bail beangzmos xaauxeeux rauz nuangx,
去 新地方 起仓 我们 妹
去新世界建屋住,

Bail beangzmos xaauxraanz loz yux.
去 新地方 起房 吧 友
同去新世界起房。

Nuangx bail goons xih ndaix fahxail,
妹 去 先 就 得 犁头
妹先去先找犁头,

Ximl* bail goons xih bail ral guhdongc.
哥 去 先 就 去 找 水桶
若哥先去就找桶。

Saaul bail goons xih ndaix fahbal*,
情友 去 先 就 得 耙子
妹先去就找耙子,

Ximl* bail goons xih bail raabtramx.
哥 去 先 就 去 挑水
哥先去就去挑水。

Mengz vianz* miz vianz* me saaul?
你 肯 不 肯 么 情友
你肯吗美貌姑娘?

① 麦翁,下句的麦达,地名,在贵阳市花溪区境内。

Saaml langl sis mengz vianz* miz yux?
三 后 四 你 肯 不 友

再三问你愿意吗?

Saaul:
女

女:

Ximl* bail goons xos genzjeeuz xac,
哥 去 先 在 桥上 等

哥先去在桥上等,

Saaul bail goons qyus jaucjeeuz songz*.
情友 去 先 在 桥下 站

妹先去在桥头站。

Rauz maic xac dungxdibt* lengc bail,
我们 要 等 相遇 才 去

我们等相遇才走,

Rauz maic xac dungxdoih lengc qyaams.
我们 要 等 一起 才 跨

等到对方一起走。

Ximl*:
男

男:

Ndaadt das benldal dangc bail mbenl,
太阳 晒 眉毛 竖 去 天

太阳晒得眉毛立,

Benldal das lumc gol faixrangc*.
眉毛 晒 如 棵 榔树

眉毛立如榔树柴。

Benldal dangc lumc guz qvonlraais*,
眉毛 竖 如 朵 皂角刺

眉毛立如皂角刺,

Deel baiz suaic* lumc zal* menzdangl.
它 成 耳坠 如 碗 碗灯芯

眼上眉竖如灯芯。

Maixsaaul lumc saauldoh raanzweangz,
姑娘 像 独女 皇家

姑娘像皇家闺女,

Maixsaaul lumc leglunz raanzngaz.
姑娘 像 幼女 官衙

姑娘像官家幼女。

Guail miz ndaix bacnax mengz lox,
怪 不 得 姐妹 你 逗

姐妹都喜欢逗你，

Guail miz ndaix bohmeeh mengz jaiz.
怪 不 得 父母 你 宠爱

难怪父母偏爱你。

Ximl* bux qyus ronlndaaux* yieh maaic,
哥 个 住 路遥 也 爱

路遥哥也喜欢妹，

Ximl* wenz qyus ronljail yieh ruangh.
哥 人 住 路远 也 思念

路远妹也思念友。

Ruangh laail dauc banzbah qyus raanz,
思念 多 来 成疯 在 家

想多已变疯和癫，

Ruangh zaanz* haux yieh genl miz ndaix.
思念 残饭 也 吃 不 得

想妹饭也吃不下。

Saaul:
女

女：

Deanl dangz yux qyolfead ndil mbinl,
叙 到 友 展翅 好 飞

想到友我展翅飞，

Deanl dangz ximl* qyoldinl ndil qyaams.
叙 到 哥 抬脚 好 跨

想到哥我抬脚走。

Ndil maaic qyaamsndeeul baaic dangz mengz,
好 想 一步 走 到 你

好想一步赶上你，

Ndil maaic qyaamsndeeul dangz nac yux.
好 想 一步 到 面 友

一步想到哥面前。

Neh dangz gah guehhoongl nauz naais,
想 到 自己 干活 说 累

想到干活软无力，

Deanl dangz baaih yux nauz bius reengz,
叙 到 那边 友 说 没 劲

想到哥全身没劲。

Xuangs hoz raaiz lumc hoz duezhaans,
放 脖 长 如 颈 鹅

思念脖长像鹅颈，

Benldal saans lumc buangx mailniangz*.
眉毛 散 如 蓬 丝线
眉毛蓬如同丝线。

Saaul bux qyus ronlndaaux* yieh maaic,
情友 个 住 路遥 也 爱
路遥妹也喜欢哥，

Nuangx wenz qyus ronljail yieh ruangh.
妹 人 住 路远 也 思念
路远妹也思念友。

Ruangh yux idt lumc guanc* naamhrih,
思念 友 一 像 团 土泥
一想情友如泥土，

Ruangh yux ngih lumc guanc* naamhnaz.
思念 友 二 像 团 田泥
二想情友像田地。

Guanc* naamhrih deel bal rox saans,
团 土泥 它 耙 会 散
耙土泥散心不散，

Guanc* naamhnaz deel bal rox wuz*.
团 田泥 它 耙 会 浮
耙田泥碎心不死。

Gaml jeenlyux laic nauz haausximl,
拿 哥的手 要 说 真话
手拉手只说真话，

Gaml jeenlmbaaus laic nauz haaus leeux.
拿 郎手 要 说 话 完
手拉手把话说完。

Nauz haausxinl qyus meeuz bilsax,
说 真话 在 季 马年
真话是在马年说，

Meeuz bilsax lix saaml yaangh ndaais*.
季 马年 有 三 样 花
马年曾有三样花。

Rauz xih ngaail manc riangz daauz,
我们 就 爱 李 和 桃
我们只爱李和桃，

Laaul xeeuhgoons rauz deg bixnuangx.
怕 前世 我们 是 兄弟
可能前世是兄妹。

Rauz xih ngaail manc riangz liz,
我们 就 爱 李 和 梨
只爱李花和梨花，

Laaul xeeuhgoons rauz deengl bixnuangx.
怕 前世 我们 是 兄弟
前世我们是兄妹。

Ximl*:
男
男：

Nuangx nauz haaus hof xinx* saaul,
妹 说 话 合 情 情友
情妹的话太和情，

Saaul nauz haaus hof xel yux.
情友 说 话 合 心 友
情友的话太和意。

Hof xel rauz maic baaic laail qyangl*,
合 心 我们 要 走 别人 观
合心出游让人观，

Hof xel rauz maic xunz laail qyex*.
合 心 我们 要 游 别人 看
合心游玩让人看。

Saaul:
女
女：

Raaizsel xos genzrinl ndil meangh,
写字 在 石岩上 好 希望
山盟缔成有希望，

Raaizsel xos ndaelramx ndil maaic.
写字 在 水中 好 爱
海誓挽结定姻缘。

Youq jiaz badt* yinghjis mal sax*,
又 想 摘 一枝 来 参
想想再添一枝花，

Youq jiaz badt* yinghguz mal dez.
又 想 摘 一朵 来 戴
想想采朵花来戴。

Dez mal dez xos baaih genz jauc,
带 来 戴 在 边 上 头
过去我也曾戴花，

Ndaais* nyaaih* soongl guz saaul qyas ruangh.
花 盛开 两 朵 情友 难 思念
花开让妹更思念。

Ximl * :
男

男：

Jaiz saaul banzlumc guz ndohndaais * ,
宠爱 情友 像 朵 鲜花

爱妹如爱朵鲜花，

Jaiz yux banzlumc xaz ndohndaais * .
宠爱 友 像 一丛 鲜花

爱友犹如花爱树。

Xaz ndohndaais * qyus genz ziangzngaz * ,
树 鲜花 在 上 辕门

花朵生在辕门上，

Xaz ndohndaais * qyus lac mbaanx ngaz.
树 鲜花 在 下 寨 衙

鲜花长在衙门下。

Nauzweanl baaic mbaanx ngaz songssins,
唱歌 走 寨 衙 送信

唱歌过衙门送信，

Nauzweanl buangs * mbaanx ngaz songsqinq.
唱歌 游 寨 衙 送情

歌声表达我情意。

Banz lumc byal baaih ndael dah,
好 像 鱼 边 里 河

好像河里的鲤鱼，

Banz lumc duezbaul baaih ndaeldah.
好 像 螃蟹 边 河里

好像河里的螃蟹。

Ndil aul meangx riangz nyag bail hah * ,
好 要 网 和 叉 去 罩

可用网和叉去罩，

Ral miz ndaix mongc laez banz guh.
找 不 得 群 哪 成 对

难罩得成双的鱼。

Dez bail hah xih ndaix duezbaul,
带 去 罩 就 得 螃蟹

网去罩虽然得蟹，

Aul miz ndaix baangh laez banz guh.
要 不 得 群 哪 成 对

难得成对的螃蟹。

Duezbyal zaagt * ndaelramx banz joongl,
条鱼 摆动 水中 成 浪

鱼戏水中生波纹，

Gah hamz qyus dangs beangz bail leeux.
自己 气 住 各 方 去 完
只遗憾各住一方。

Duezbyal zaagt* ndaelramx banz vangz*,
条鱼 动 水中 成 漩涡
鱼戏水中生漩涡，

Gah nyaus qyus dangs xaans bail leeux.
自己 气 住 各 层 去 完
只遗憾各住一层。

Saaul:
女
女：

Nauz genl ramx youq miz dungx mbos,
说 吃 水 又 不 共 井
我们喝水不共井，

Nauz yeeuh xoh youq miz dungx mbaanx.
说 叫 名 又 不 共 寨
家也不在同一寨。

Bail laez qyus dungx mbaanx xih ndil,
去 哪 住 共 寨 就 好
去哪共一寨也好，

Gah hamz qyus dangs jis bail leeux.
自己 生气 住 各 支 去 完
怪我们各住一处。

Naaih neh dauc xih ndilhamz a mbaaus,
慢 想 来 就 生气 哟 郎
想来实在太生气，

Naaih neh dauc xih hozbenl a yux.
慢 想 来 就 生气 哟 友
想着妹就把气生。

Ximl*:
男
男：

Xaz ndohndaais* xih xos genz Jeexsax[1],
丛 鲜花 就 在 上 马场
花丛长在马场处，

① 马场，与下句的白岩，地名，在安顺市平坝区境内（与贵阳市花溪区花溪乡相连）。

Xaz ndohndaais* dauc xos lac Rianzhaaul.
丛 鲜花 长 在 下 白岩

鲜花生在白岩处。

Ximl* laic yaanl* maixsaaul bail buangs*,
哥 要 约 姑娘 去 游

哥要约姑娘去游,

Ximl* laic yaanl* yuxsaaul bail xunz.
哥 要 约 情友 去 游

我要约情妹去玩。

Aul guzndaais* baanx yux diaml* buangs*,
要 朵花 伴 友 添 游

摘朵鲜花陪妹游,

Aul guzndaais* haec mengz diaml* xunz.
要 朵花 给 你 添 玩

摘朵鲜花伴妹玩。

Saaul:
女

女:

Rauz maic yaanl* bailjeex hoobtndeeul,
我们 须 约 赶场 一周

应邀赶场去一周,

Rauz maic dangs bailjeex ndianlndeeul.
我们 须 信约 赶场 一月

应邀赶场去一月。

Miz guanc naamh laic faanh yieh ndil,
不 怕 泥 要 翻 也 好

不管天翻与地覆,

Miz guanc weac laic luas yieh ndil.
不 怕 云 要 垮 也 好

不怕黑云欲压城。

Jangjyiq daaus jangsjiul miz banz,
讲义 转 将就 不 成

不讲义气和将就,

Jangjyiq daaus jangjyanf miz ndaix.
讲义 转 讲押 不 得

冲出父母的强迫。

Rauz maic yaanl* bailjeex ngonzndeeul,
我们 须 约 赶场 一天

应邀赶场去一天,

Rauz maic dangs bailjeex hoobtndeeul.
我们 须 信约 赶场 一周

应邀赶场去一周。

Daail banz ndos duezdeangz miz laaul,
死 成 骨 蜜蜂 不 怕
死变蜂骨也不怕，

Miz guanc naamh laic faanh yieh ndil.
不 管 泥 要 翻 也 好
不管天翻与地覆。

Miz laaul boh gaml qyaangx xos fengz,
不 怕 父 拿 马刀 在 手
不怕父握刀在手，

riangz zaf yux widfengz bail buangs*.
和 咱 友 摆手 去 游
就要和哥去游玩。

Miz laaul meeh aul benz xux liad,
不 怕 母 要 盆 接 血
不怕用盆接我血，

Riangz zaf yux dungxvadt* bail baaic.
和 咱 友 同挽 去 走
和哥挽手同出游。

Daanh* rauz ndaix xeeuh meangh dungx bail,
只要 我们 得 当世 相恋 同 去
只要我们能相恋，

Daanh* rauz ndaix xeeuh maaic dungx gvas.
只要 我们 得 当世 热恋 我们 过
只要能携手过日。

Banz daail dauc riangz ximl* bail buangs*,
成 死 来 和 哥 去 游玩
无论如何都要去，

Banz daail daaus riangz mengz bail baaic.
成 死 转 和 你 去 走
生死同你去游玩。

Ximl*:
男
男：

Riangz zaf yux rauz nauz haausxinl,
与 咱 友 我们 说 真话
我跟情妹说实话，

Ximl* banz daailroz lumc byagtheenc.
哥 成 瘦弱 如 黄菜叶
哥瘦弱如黄菜叶。

Yinz* xunz ximl* doc* fenz miz yaadt,
认 玩 哥 放弃 柴 不 捆
由于瘦弱柴难捆，

Yinz* xunz ximl* doc* ndaaix miz banl.
认 玩 哥 放弃 麻 不 分

哥想分麻也不力。

Yinz* xianh ximl* doc* haux miz genl,
认 玩 哥放弃 饭 不 吃

想妹想得饭不吃,

Yinz* xianh ximl* doc* goc miz ndunx.
认 玩 哥 放弃 汤 不 吞

想妹想得汤不饮。

Miz genl laez yieh weiq saaul lox,
不 吃 还是 也 为 情友 哄

饭不吃也因妹哄,

Miz genl laez yieh weiq saaul yueh.
不 吃还是 也 为 情友 诱

汤不饮也因妹诱。

Saaul:
女

女:

Rumz bos weac saans beangz xih reengx,
风 吹 云 散 地方 就 干旱

风吹云散世间旱,

Deel lix nail maic xeengx leeuxlaab.
它 有 雪 要 冷 腊月

有雪腊月必定冷。

Diaml* ximl* dez jic meeuz yieh reengx,
和 哥 带 几 季 也 旱

和哥玩也遭旱灾,

Diaml* ximl* dez jic meeuz yieh nail.
和 哥 带 几 季 也 雪

和哥游也遭雪灾。

Nacndangl gaus rauz gaangc miz leeux,
脸面 旧情 我们 讲 不 完

旧情我们讲不完,

Nacndangl gaus rauz nauz miz ndaix.
脸面 旧情 我们 说 不 得

虽是旧情也难说。

Dangz jaangl dongh aul weanl diaml* dangs,
到 中间 坝子 要 歌 添 约

到坝子唱歌缔约,

Dangz jaangl dongh maic xunz jicngonz.
到 中间 坝子 须 玩 几天

到坝子要玩一阵。

Deg laez xiany dianh* xunz rauz doc*,
是 哪个 掀 玩耍场 我们 弃 就算有人来干扰，

Myeac leanl* naais* leanl* doc* dangz saaul,
不要 乱 累 乱 放弃 到 情友 也不要把妹放弃。

Genl byagtwuc hauldaangl* byagtris,
吃 苦蒜 味香 白刺尖 吃苦蒜如白刺香，

Genl byagtsih haulbiux* leggangz*.
吃 椿菜 清香 刺梨 吃春菜如刺梨香。

Ranl jic sians neh dangz mengz mbaaus,
见 几 事 想 到 你 郎 一些事联想情哥，

Genl jic yaangh neh dangz mengz yux.
吃 几 样 记 到 你 友 吃几样都记到友。

Genl dangz bas dangz dungx xih daaus,
吃 到 口 到 肚 就 转出 吃到口就吐出来，

Genl dangz bas dangz hoz xih doc*.
吃 到 口 到 喉 就 弃 吃到喉咙吞不下。

Genl miz leeux rauz laeh* saanglzoc*,
吃 不 完 我们 放 桌上 吃不完就放桌上，

Genl miz leeux rauz doc* saanglsaus.
吃 不 完 我们 遗 灶上 吃不完就放灶上。

Deg dix* boh raanz saaul laail wenq,
是 父亲 屋 情友 多 问 妹家父亲就询问，

Deg dix* meeh raanz saaul laail hams.
是 娘 屋 情友 多 问 妹家母亲也询问。

Deg laez laeh* zaanz* haux miz genl?
是 哪人 放弃 剩饭 不 吃 是谁剩残饭不吃？

Deg laez laeh* zaanz* niangz miz ndux?
是 哪人 放弃 剩粮 不 吞 是谁剩残菜不咽？

Saaul qyus heenz lamxliadt* xih haanl,
情友 在 旁边 叽咕(状语) 就 答应
妹在旁小声回答，

Saaul qyus heenz lamxlaanz* xih haaus:
情友 在 旁边 喃喃(状语) 就 说话
妹在旁边就回话：

Maic bux buangs* lengc lel zaanz* haux,
要 那 玩耍 才 剩 饭残
爱玩人就剩残饭，

Maic bux baaic lengc lel zaanz* goc.
要 那 走 才 剩 残汤
爱游玩才剩残汤。

Deel lengc lel zaanz* haux miz genl,
她 才 剩 残饭 不 吃
她才余残饭不吃，

Deel lengc weengh zaanz* liangz miz ndunx.
她 才 扔 残粮 不 咽
她才扔菜肴不咽。

Laeh* laail dauc zaanz* haux banz naaiz,
放 多 来 残饭 成 痰
残饭在碗像浓痰，

Laeh* laail dauc zaanz* liangz banz aamx.
放 多 来 残粮 成 稀糟
残菜在碗成稀糟。

Gaml zal* haux lumc gaml zal* ndes*,
端起 碗饭 如 端 一碗 酒糟
端起饭厌如酒糟，

Deanl dangz yux miz genl yieh ies.
叙 到 友 不 吃 也 罢
想起情哥饭不吃。

Gaml zal* haux lumc gaml zal* dauh,
端 碗 饭 如 端 碗 灰
端起饭碗厌如灰，

Deanl dangz mbaaus nauz genl miz leeux.
叙 到 郎 说 吃 不 完
想到情哥才剩饭。

Xel miz lamx riangz xel miz hes,
心 不 倒 和 心 不 干
心不干和心不死，

Xel miz lamx lumc gvaz* laucndes.
心 不 倒 如 钵 酒糟
我的心旦如酒糟。

Xel miz hes riangz xel miz lamx,
心 不 干 和 心 不 倒
心不干和心不死，

Xel miz lamx lumc gvaz* hauxaamx.
心 不 干 如 钵 稀糟饭
妹的心如稀糟饭。

Ximl*:
男
男：

Mengz maic aul daamlleangc mengz dez,
你 必须 要 伞柄 你 带
你必须握紧伞柄，

Mengz maic gaml ndanlxel mengz manh.
你 必须 握住 心里 你 牢
你心要坚定不移。

Laaul buxheenz aul mail dauc songs,
怕 旁人 用 线 来 送
怕别人买线来诱，

Laaul buxmos aul ianl dauc doonc.
怕 陌生人 用 烟 来 拦
怕生人送烟收买。

Laaul deel doonc ndanlxel mengz aais*,
怕 他 拦 心里 你 灰心
怕他动摇你心志，

Laaul deel haais ndanlxel mengz doc*.
怕 他 害 心里 你 放弃
怕他诱惑你放弃。

Xezdeel dauc sagtnduil yux gaus,
那时 来 可惜 友 老
那时可惜老朋友，

Xezdeel daaus sagtnduil yux lox.
那时 转 可惜 友 哄
那时可惜我情友。

Rauz xuangs beah yinc mal dungx hrangz*,
我们 放 衣 裙 来 相 定赌
我们拿衣裙为约，

Rauz maic xuangs mbaelbangz dungx riux*.
我们 必须 放 布匹 相 与
我们拿布匹为誓。

Gaais haaus nix xih deengl haaus xel neh,
这 话 这 就 是 话 心 想
讲的都是心里话，

Miz deengl haaus xel ximl* miz nauz.
不 是 话 心里 哥 不 说
心里话才和妹说。

Gaais haaus nix xih deengl haaus dazraaix,
这 话 这 就 是 话 真实
讲的都是真心话，

Miz deengl haaus xinl ximl* miz nauz.
不 是 话 真实 哥 不 说
真心话才和友说。

Saaul:
女
女：

Daanh ximl* mengz haaus lixqingy,
只要 哥 你 话 有情
只要哥牢记感情，

Daanh yux mengz haaus lixyil.
只要 友 你 话 有意
只要哥有意玩耍。

Daanh mengz gaml daamlleangc mengz manh,
只要 你 握 伞柄 你 牢
只要你伞柄握牢，

Daanh mengz zangh* daamlleangc mengz ndil.
只要 你 掌 伞把 你 好
只要你伞柄拿好。

Gaangl leangclog riangz gaangl leangcndaais*,
撑 绿伞 和 撑 花伞
撑绿伞和撑花伞，

Gaangl leangclog bail bollaez zaaih*?
撑 绿伞 去 哪坡 坳
撑绿伞去哪一坡？

Gaangl leangcndaais* bail baaihlaez xunz?
撑 花伞 去 哪边 游
撑花伞去哪边游？

Laic* bail baaih ruangz* lux laez xunz?
要 去 那边 柳树湾 哪 游
要去哪的河柳湾？

Laic* bail baaih ruangz* genz laez baaic?
要 去 那边 上方 哪 走
要到哪的向阳处？

Fah leangclux* miz gaangl xih naais,
把 绿伞 不 撑 就 累
绿伞不撑容易朽，

Fah leangcndaais* miz gaangl xih doc*.
一把 花伞 不 撑 就 弃
花伞不撑容易弃。

Neh qyaams bail mbaanxlaez laangh*?
想 跨 去 哪寨 浪漫
要到哪寨去游玩?

Jangsjiul henc bail raanz renz* mbaaus.
将就 上 去 家 屋 郎
想要上到哥家去。

Neh qyaams bail raanzlaez xianh?
想 跨 去 哪家 游玩
要到哪家去游玩?

Jangsjiul qyaams bail raanz renz* yux.
将就 跨 去 家 屋 友
想要跨进哥家屋。

Dungxduih bail dianh* Jeexbyauc xunz,
同去 去 坝子 花溪 玩
我们同去花溪玩,

Rauz hauc dianh* jeexnyianz wuanfsuaj.
我们 赴 坝子 虎场 玩耍
我们去虎场玩耍。

Xezdeel dauc rauz bail loz mbaaus,
这时 来 我们 去 呵 郎
情哥呀我们去吧,

Xezdeel daaus rauz bail loz yux.
那时 转 我们 去 呵 友
那时我们去吧友。

Ximl*:
男
男:

Ruangh zaf yux doc* haux miz genl,
思念 咱 友 放弃 饭 不 吃
想妹想得饭不吃,

Ruangh yuxgaus doc* liangz miz ndunx.
思念 老友 放弃 粮 不 咽
想情友菜肴不咽。

Ruangh laail dauc banzbah yuangzzianl*,
思念 多 来 成疯 疯子羊
想多像发羊痫风,

Laail miz rox gvasjianl* yuxgaus.
谁 不 知 挂念 老友
谁知是挂念情友。

Saaul:
女　　　　　　　　女:

Ruangh siml* baaic jiamhgudt mallac,
思念　哥　走　蕨关　下来　　　　想哥我翻山下来,

Ruangh siml* gvas ndiausbol* baangxrianz*.
思念　哥　过　坡梁　峭壁岩　　　　想哥过坡又过岩。

Neh zaf yux nianl bail nianl daaus,
想 咱 友 念 去 念 来转　　　　天天想哥念不停,

Neh zaf mbaaus nianl bail nianl dauc.
想 咱 郎 念 去 念 来　　　　想哥讲去又讲来。

Nianl laail dauc banzbah dol laail,
念 多 来 发疯 多 很　　　　想多了多次发疯,

Nianl laail daaus ndilraaiz buxlaaux.
念谈 多 转 害羞 老人　　　　念多了害羞老人。

Ruangh zaf yux lumc rih xaux bal,
思念 咱 友 如 土 刚刚 耙　　　　想多心如新翻地,

Ruangh yuxgaus lumc naz xaux daams.
思念 老友 如 田 刚刚 耙　　　　想多心如新翻田。

Ruangh zaf yux lumc zal* genlhaux,
思念 咱 友 如 碗 吃饭　　　　想哥犹如吃饭碗,

Zal* genlhaux xos fengz rox leh.
碗 吃饭 在 手 会 换　　　　一人只能端一碗。

Ruangh zaf yux lumc deh xos fengz,
思念 咱 友 如 筷子 在 手　　　　想哥就如手上筷,

Deh genlhaux xos fengz rox leh.
筷子 吃饭 在 手 会 换　　　　一人只能握一双。

Ruangh zaf yux lumc mbael legjaus,
思念 咱 友 如 叶 桐油　　　　想哥犹如油桐叶,

Daanh soonglbaaih rauz neh yaanghndeeul.
只要 两边 我们 想 一样
只愿同心又同意。

Banz jiseeml* bail rumx jiszziaul*,
成 巴芒枝 去 护 花椒枝
像巴芒护花椒树，

Banz jismuangx* bail raaih genzrinl.
成 马桑枝 去 爬 岩上
如马桑枝去爬岩。

Banz jislux bail weengl baangxruz,
成 柳枝 去 吊 船边
像柳枝垂吊船沿，

Ximl* xih banz wangh* ximl* maaic raaix.
哥 就 成 个 哥 爱恋 真
情哥确实真爱你。

Saaul yinz* yux songssins dangz mbaaus,
情友 认 友 送信 到 郎
妹带信叫哥来玩，

Saaul yinz* mbaaus songssins dangz yux.
情友 认 郎 送信 到 友
情妹送信给情哥。

Xezdeel dauc mal lox ximl* fuz,
那时 来 呀 哄 哥 浮
妹信哄哥飘飘然，

Xezdeel daaus yueh dangz ximl* wuanc.
那时 转 哄 到 哥 动
那时哄得哥心动。

Saaul:
女
女：

Ruangh zaf yux lumc byal ndaelmbos,
思念 咱 友 像 鱼 井里
想哥像想水中鱼，

Byal ndaelramx deel leeuh banz guh.
鱼 水里 它 游 成 对
水里的鱼成双对。

Xezdeel eeml* riangz ngox* diaml* wadt,
那时 巴芒草 和 芦苇 参 绞
巴芒芦苇绞成绳，

Xezdeel eeml* riangz ngox* diaml* saanl.
那时 巴芒草 和 芦苇 参 编
巴芒芦苇编一起。

Xunz ndaaisndanl* ndeeul banl soonglbaaih,
玩 花蒂 一束 分 两边　　并蒂花分给两边，

Xunz ndohndaais* ndeeul banl soonglfeangx.
玩 鲜花 一束 分 两面　　双方各拿一束花。

Gvaail yux qyus dangs buangl* bail leeux,
怪 友 住 各 方 去 完　　可惜哥妹各一方，

Gvaail rauz qyus dangs jis bail leeux.
怪 我们 住 各 支 去 完　　可惜哥妹各一处。

Ximl*:
男　　男：

Xelximl* ruangh lumc baanc faixmuangx*,
哥心 思念 像 那般 马桑树　　思念就像马桑柴，

Xelximl* ruangh lumc baanc faixais*.
哥心 思念 像 那般 竹柴　　想念犹如山中竹。

Baanc faixmuangx* saanl miz banz sail,
那般 马桑 编 不 成 蓑衣　　马桑不能编蓑衣，

Baanc faixais* ndil aul xaauxeeux.
那般 竹子 好 要 编仓　　竹子可用编仓箩。

Bail beangz Has aul sal mal miz*,
那些 地方 汉人 要 纸 来 糊　　去汉人地方要纸，

Riangz Buxmeangl① aul sal mal xos.
和 满人 要 纸 来 存放　　到满人地方买纸。

Riangz Buxhas aul mag mal weeh,
和 汉人 要 墨 来 画　　找汉人要墨来画，

Raaiz xohsel riangz raaiz xohnuangx.
写 名字 和 写 妹姓　　要墨来写妹的名。

① Buxmeangl，满人，指居住在另一个地方的人。

Ximl* :
男　　　　　　　　　　　　　　　　　　　　　　　男：

Dogt xelbus* laaul yux hamz leanz*,
坠落 心虚 怕 友 苦 乱　　　　哥怕妹头晕受苦，

Miz rox yux bazhenz ranl maz?
不 知 友 做梦 见 什么　　　　不知妹晚上梦啥？

Bazhenz ruangh riangz saaul xunz mbaanx,
做梦 思念 和 情友 游 寨　　　　哥梦和妹游寨上，

Bazhenz ruangh riangz yux xunz beangz.
做梦 思念 和 友 游 地方　　　　哥梦和妹去游玩。

Ruangh laail miz rox henz riangz ngonz,
思念 多 不 知 夜 和 昼　　　　想多不知夜和昼，

Roxxinh dauc deg henz jaanglhamh.
苏醒 来 是 夜 半夜　　　　做梦醒来是半夜。

Hadtlangl rens mal genl ramxxiangx,
次晨 起床 来 吃 冷水　　　　早上起来喝冷水，

Hadtlangl rens mal mbamx* ramxsael.
次晨 起床 来 喝 清亮水　　　　早上就饮井中水。

Deg buxlaaux xih naaih deg siangl*,
是 老人 就 以为 是 摆子　　　　老人以为中了邪，

Aul zal* haux riangz liangz bail maad*①.
要 一碗米 和 粮 去 抹　　　　舀碗米请迷纳看。

Maad* baaihsoix deel daaus miz maz,
抹 左边 它 转 无 啥　　　　抹向左也没有啥，

Maad* baaihgvaz deel daaus miz ranl.
抹 右边 它 转 不 见　　　　抹向右也不见啥。

Boh riangz meeh youq daaus nauz nix:
父 和 母 又 转 说 这　　　　父和母又这样说：

① maad*（抹），指舀一碗米，将碗上的米抹平，是迷纳做的巫术仪式。

Qyangl* lix sians yangzmaz miz qyus?
看 有 事情 哪样 没 有
看了有何吉凶事？

Qyangl* bail lix yangzmaz miz yaz?
看 去 有 哪样 不 迷纳
看有啥事不吉利？

Ndaix duezgais mal gac lengc ndil,
得 只鸡 来 杀 就 好
做了法事哥才好，

Lengc ndaix riangz yux daaus bail buangs*.
才 得 和 友 回 去 游
才能和妹再去游。

Saaul:
女
女：

Zenl* diaml* zenl* miz jic laail liuh,
时 添 时 不 几 多 悠
一时一时天快亮，

Ziuh* diaml* ziuh* miz jic laail naanz.
时辰 添 时辰 不 几 多 久
时辰慢慢地流逝。

Miz naanz xac laic buangh* xez ngaiz,
不 久 等 要 半 时辰 早饭
不久便到早饭时，

Miz naanz xac wenz laail saauzhaux.
不 久 等 人 多 滤饭
不久人们将蒸饭。

Ziuhzaz* yaanl* bail jeex hoobtndeeul,
太快 约 去 赶场 一周
抓紧约去玩一周，

Ziuhzaz* dangs bail jeex ndianlndeeul.
尽快 邀 去 赶场 月把
抓紧邀去玩一月。

Bol doixnac lix doh rinl ndingl,
坡 对面 有 堵 石 红
对面有座红石山，

Bail xezlaez suix* baaih ximl* yaanl* goons.
去 哪时 随 那边 哥 约 先
哪时去由哥先提。

Yaanl* bail hauc* ngonzxoh miz vez*,
约 去 入 明日 不 荒
哥说时妹定赴约，

Yaanl* bail hauc* ngonzrez miz wangs.
约 去 入 后天 不 空

约后天绝不失约。

Ximl*：
男

男：

Raaizsel xos genzramx ndil mangx*，
写字 在 水上 好 料到

在河边写字玩水，

Raaizsel xos genzrinl ndilmaiz.
写字 在 石上 好玩

在山间写字玩山。

Neh qyiaux* yinghjis wal gueh xamz，
想 摘 一枝 作 做 玩

采枝野花手上玩，

Neh qyiaux* yinghdog* mal dez.
想 气摘 一茎 来 戴

摘朵鲜花给妹戴。

Soongl fengz riuc soongl guz ndohnaais*，
两 手 提 两 朵 鲜花

两手都拿着鲜花，

Deel lengc nyaaih* soongl feangx qyas ruangh.
他 才 爱开 两 边 难 思念

鲜花盛开思念到。

Saaul：
女

女：

Nauz nix xih mengz nyiel ximl* yiagt*，
说 这 那 你 听 哥 客

让我说给情哥听，

Yux nauz daaus mengz nyiel jic yux.
情友 说 转 你 听 几 友

让我说给情友听。

Xelsaaul neenl lumc buxndamlnaz，
妹心 记 像 栽秧人

记哥就像记栽秧，

Xelsaaul neenl lumc bux ndamljac.
妹心 记 像 那 栽秧

记哥像记撒谷种。

Miz ranl nac ramxdal ndil laagt*,
不 见 面 泪水 好 滴
不见情哥眼泪流，

Mizranl mbaaus ramxdal ndil daic.
不见 郎 泪水 好 哭
不见情友妹就哭。

Ramxdal laagt* mallac banz wangz,
泪水 滚 下来 成 凼
眼泪流下成水凼，

Aul gueh dah sag langz* mengz mbaaus,
要 作 河 洗 绑腿 你 郎
泪凼可洗绑腿带。

Aul gueh dah sag haaiz mengz yux.
要 作 河 洗 鞋 你 友
情哥可在那洗鞋。

Miz ndaix sos* xos nac ximl* qyex*,
不 得 梭 在面前 哥 看
眼泪流下哥不见，

Miz ndaix sos* xos mianh ximl* nguangh*.
不 得 梭 在 面前 哥 看
眼泪流下哥不晓。

Ximl*:
男
男：

Laail ngonz nangh qyus mbaanx senh* nianl,
多 日 坐 在 寨村 不断 念
我在寨门天天念，

Laail ngonz ximl* qyus raanz senh* ruangh.
多 日 哥 在 家 不断 想念
在家天天想念你。

Zuangc* qyus neenl wenzsinx* mengz saaul,
怎 样 记 人情 你 情友
妹的情义难忘怀，

Zuangc* qyus neenl mungz* yaangz mengz yux.
怎 样 记 模样 你 友
时时想到你模样。

Laail ngonz nangh qyus mbaanx senh* nianl,
多 日 坐 在 寨 不断 念
我在寨门天天念，

Laail ngonz siml* qyus mbaanx senh* gaangc.
多 日 哥 在 寨村 不断讲
日日哥都讲到妹。

Laail ngonz gaangc dangz mengz yuxgaus,
多 日 讲 到 你 老友　　多日讲到老朋友，

Laail ngonz neh dangz mengz yux lox!
多 日 想 到 你 友 呵　　每时每刻想念妹！

Saaul:
女　　女：

Riangz ximl* nangh hoongl ndeeul nauz,
和 哥 坐作 一间 屋 说　　和哥同一屋唱歌，

Riangz ximl* dungx zal* haux ndeeul genl.
和 哥 共 碗饭 一 吃　　和哥同吃一碗饭。

Riangz ximl* nangh zoc* genl ngaaiz,
和 哥 坐 一桌 吃 早饭　　和哥同桌吃早饭，

Riangz ximl* nangh baaizndeeul genlhaux.
和 哥 坐 排一排 吃 饭　　和哥同凳坐吃饭。

Riangz ximl* dungx nangh zoc* genlringz,
和 哥 同 坐 桌 吃午饭　　同哥一桌吃午饭，

Riangz ximl* nangh yingz* ndeeul genlhaux.
和 哥 坐 一起 吃饭　　同哥一起坐吃饭。

Riangz ximl* nangh zoc* ndeeul genlxauz,
和 哥 坐 桌 一 吃晚饭　　同哥一桌吃晚饭，

Riangz ximl* nangh goh* genlhaux.
和 哥 坐 一窝 吃饭　　同哥一起坐吃饭。

BAIL JEEUZLUANGZ DUNGXBAANX
去铜桥相伴

Ximl*:
男　　　　　　　　男:

Soongl rauz yueq xunz yueq dungxndil,
两 我们 越 玩 越 好
咱们越玩越情深,

Saaml langl sis rauz xunz ndilmaaiz.
三 后 四 我们 玩 好玩
咱们越玩越意重。

Xunz byagtgaadt ndaelsianl daail guangc*,
玩 青菜 园内 死 篼
玩到园内青菜蔫,

Xunz sismianh raanz mengz rox byaaic.
玩 四面 家 你 会 走
玩到友家自会走。

Xunz dangz bol deel dauc nailwaais,
玩 到 山 它 下 雪花
玩到山坡飘雪花,

Jic meeuz nail mal jic meeuz waais.
几季 冰 来 几 季雪
几季冰来几季雪。

Saaul bail goons qyus genzjeeuz xac,
情友 去 先 在 桥上 等
友先去在桥上等,

Ximl* bail goons qyus lacjeeuz songz.
哥 去 先 在 桥下 站
哥先去在桥下站。

Rauz bail deenh* jeeuzfaz dungx ral,
我们 去 场 铁桥 同 找
我们约好铁桥见,

Rauz bail jauc jeeuzfaz dungx hoobt.
咱们 去 头 铁桥 同 汇合
我们铁桥去汇合。

Rauz bail deenh* jeeuzluangz dungx riangz,
咱 去 场 铜桥 同 跟随 咱们去铜桥相伴，

Rauz bail jauc jeeuzluangz dungx hoobt.
咱 去 头 铜桥 同 汇合 咱们铜桥头相会。

Baaihlangl doc* dangsjeeus* dauc riangz,
后边 留 卜卦 来 跟 卜个卦咱好上天，

Rauz lengc henc bail beangz bausyah.
我们 才 登 去 地方 祖宗 我们才好见祖宗。

Laaul bausyah deel myaec dungx genl,
怕 祖宗 他 不许 同 吃 怕祖宗不给同吃，

Rauz bail xex dinlmbenl gah qyus.
我们 去 买 天脚 自 住 咱去买天边同住。

WEANL XUNZ NAANZ*
玩耍难

Ximl*：
男　　　　　　　　　　　　　　　男：

Jic xonz jic nauz ximl* miz buangs*,
几　句　几　说　哥　不　耍　　　　反复说哥不玩耍，

Haail xonz haaus nauz yux miz xunz.
开　句　话　说　友　不　玩　　　　开口说哥不游玩。

Xac ximl* gaangc mal buangs* saaul nyiel,
等　哥　讲　来　耍　情友　听　　　　等哥说给情友听，

Xac ximl* jis mal saaul lengc rox.
等　哥　讲 来 情友　才　知　　　　讲了情友才知道。

Ximl* bail xunz xih laaul gvas xez,
哥　去　玩　就　怕　过　时　　　　哥害怕玩耍过时，

Ximl* bail xunz xih laaul loodt ngaaiz.
哥　去　玩　就　怕　迟　午饭　　　　玩耍过了午饭时。

Ximl* gaml leangc bail hauc raanz deems*,
哥　拿　伞　去　进　店家　　　　哥拿伞忙去赶场，

Ximl* bail xians leeux jeex miz ranl.
哥　去　转　满　场坝　不见　　　　逛遍全场不见友。

Xians leeux jeex miz wenz lumc yux,
转　完　街　不　人　像　友　　　　街上无人像情友，

Miz lix buxlaez reeul lumc saaul.
不　有　谁　笑　像　情友　　　　无谁笑声像情友。

Ndilhamz xians bail haangh gaiz mail,
生气 转 入 市 卖线
生气哥转去线市，

Buxlaez rox lengc ndaix bungz yux.
谁 知 才 得 遇 友
谁知居然遇情友。

Maixsaaul maaic miz maaic bail xunz,
姑娘 爱 不 爱 去 玩
姑娘想要去玩吗，

Mengz weenz* buangs* miz me yux?
你 愿 要 不 呢 友
你愿不愿意去玩？

Saaul guehyueh jaiz bail haanghmail,
情友 哄骗 想 入 线行
情友撒谎说买线，

Buxlaez rox bail ndaix buangh* ngonz.
谁 知 去 得 半 天
谁知去了大半天。

Yux guehlox nauz bail xex baih,
友 撒谎 说 去 买 篦子
老友说要买篦子，

Leglaaiz bail dangz jeex wenz saans.
谁知 去 到 街 人 散
谁知街散还未归。

Ximl* aangxnac bail ximl danglngonz,
哥 仰头 去 看 太阳
哥仰面去看太阳，

danglngonz xac miz laail laic nyangl*.
太阳 差 不 多 要 斜
太阳就要落下山。

Dinl deeml dinl xih byaaic leeux bauh,
脚 和 脚 则 走 全 快
脚赶脚则走得快，

Qyaams riangz qyaams xih byaaic leeux hanl.
步 和 步 则 走 全 快
步赶步则走得急。

Daaus dangz dinlmbaanx mbenl xih labt,
回 到 寨脚 天 就 黑
回到寨脚天就黑，

Haz fih dangz raanz mbenl xih labt.
还 未 到 家 天 就 黑
未进家门天就黑。

Xeeuh haec xabt xih deel miz xabt,
世 让 遇 就 他 不 遇
应该遇的他不遇，

Xabt dix* boh raanzgenz gaail haux,
遇 伯父 上家 卖 米
遇上家伯父卖米，

Xabt dix* meeh raanzlac xex yuz.
遇 伯母 下家 打油
遇下家伯母打油。

Siq dix* boh deel nauz yaanghnix,
是 伯父 他 说 这样
是伯父他说这样，

Siq dix* meeh deel yaanghnix hams:
是 伯母 她 这样 说
是伯母她这样问：

Laail daaus jeex deel daaus xezsanl,
别人 回 场 他 回 申时
别人赶场申时归，

Weiqmaz dangz xeznix lengc daaus;
为何 到 这时 才 回
为何到这时才回；

Laail daaus jeex deel daaus xezringz,
别人 回 场 他 回 午饭时
别人赶场午饭归，

Weiqmaz dangz jaanglhenz lengc daaus?
为何 到 半夜 才 回
为何到半夜才回？

Ximl* xos heenz lamxleedt* xih haanl,
哥 在 旁边 急速 就 答
哥在旁急忙回答，

Ximl* xos heenz lamxleedt* xih haaus:
哥 在 旁边 急速 就 答
哥在旁赶忙答话：

Ximl* bail xabt golnyiec golhaz,
哥 去 遇 嫩草 茅草
赶场遇嫩草老草，

Ximl* bail xabt gocnyiec unsdaz.
哥 去 遇 嫩草 相拉
赶场遇嫩草来绊。

Ximl* bail xabt gochaz unsduangh,
哥 去 遇 茅草 相拉
赶场遇老草来拽，

Xabt bux ruangh ndanlbeangz dungxgaangc.
遇 人 惦念 地方 交谈　　遇到熟人就叙旧。

Laail daaus jeex deel daaus xezsanl,
别人 回 场 他 回 申时　　别人赶场申时归，

Ximl* dangz xeznix lengc daaus.
哥 到 这时 才 回　　我到这时才回来。

Laail daaus jeex deel daaus xezringz,
别人 回 场 他 回 午饭时　　别人赶场午饭归，

Ximl* dangz xeznix lengc daaus.
哥 到 这时 才 回　　我到这时才回来。

Dangz raanz yeeuh dix* boh haail dul,
到 家 喊 父亲 开 门　　到家喊父亲开门，

Siq dix* bix deel mal haail dul.
是 哥哥 他 来 开 门　　是我哥他来开门。

Dix* boh qyus genzlauz ndaix ranl,
父亲 在 楼上 得 见　　老父在楼上看见，

Dix* boh qyus genzlauz ndaix nyiel.
父亲 在 楼上 得 见　　老父在楼上听见。

Nauz ngonznix roons dinl gal gul doons,
说 今天 切 脚 腿 我 断　　说要砍断我腿脚，

Ngonznix neh roons dinl fengz gul doc*.
今天 想 切 脚 手 我 断　　想要切断我手脚。

Ximl* qyus heenz lamxleedt* xih hams,
哥 在 旁边 急速 就 答　　哥在旁急忙问道，

Ximl* qyus heenz lamxleedt* xih haaus:
哥 在 旁边 急速 就 答　　哥在旁赶忙问父：

Weiqmaz haec dinl gal gul doons,
为啥 让 脚 腿 我 断　　为啥让我脚腿断，

Weiqmaz roons dinl fengz dul doc*?
为啥 切 脚 手 我 丢
为啥砍丢我手脚?

Dinl gal doons xih senc* rox ndil,
脚 腿 断 就 接 会 好
腿脚断接了会好,

Xez xunz loodt laail bil miz ndaix.
时 玩 迟 多年 不 得
豆蔻年华不可待。

Dinl fengz doons xih senc* rox banz,
脚 手 断 就 接 会 好
手脚断接了会好,

Saaulyux veed* xih naanz ral ndaix.
情友 丢 就 难 找 得
情友丢了难找回。

Ximl* hozbenl bail yic* heenz dah,
哥 生气 去 歇 边 河
哥生气去歇河边,

Ximl* hozbenl bail yic* heenz waail.
哥 生气 去 歇 边 坝
哥生气去歇坝边。

Roxnyiel boh yeeuh bix mal ral,
听见 父 派 兄 来 找
听见父派兄来找,

Roxnyiel bix yeeuh nuangx mal ral:
听见 兄 派 弟 来 找
听见兄派弟去找:

Xos laez me xos laez nuangx gul,
在 哪 呢 在 哪 弟 我
我的弟在哪里呢,

Daausraanz le daausraanz bix gul.
回家 了 回家 哥 我
一起回家了我哥。

Ximl* qyus heenz lamxleedt* xih haanl,
哥 在 旁边 急速 就 答
哥在旁急忙回答,

Ximl* qyus heenz lamxleedt* xih haaus:
哥 在 旁边 急速 就 答
哥在旁赶忙答话:

Miz daaus le miz daaus bix gul,
不 回 了 不 回 哥 我
不回啊不回了哥,

saaml langl sis miz daaus le nuangx.
三 后 四 不 回 啰 弟 无论如何都不回。

Hozmbenl deemc ndanlndungs* xaaux wanz,
生气 点 烟筒 造 烟 生气就去抽烟筒，

Genl ndungswanz* ndeeul jeec hoz rih,
吃 筒烟 一 解 喉 松 吃一筒烟解解气，

Genl ndungsyany* ndeeul rih hoz xanz*.
吃 筒烟 一 松 喉 窄 吃一筒烟松心胸。

Ndungswanz* jeec hoz rih jeec banz,
筒烟 解 喉 松 解 成 烟儿解了心头闷，

Ndungswanz* jeec hoz xanz* jeec ndaix.
筒烟 解 喉窄 解 得 烟儿散了心头气。

WEANL BEAGT*
分离

Ximl*：
男 男：

Nauz nix xih mengz nyiel yuxgaus,
说 这 就 你 听 老友 说这些给老友听，

Youq nauz daaus mengz nyiel yux saaul.
又 说 转 你 听 友 情友 又说这给情友听。

Zuangcqyius* beagt* youq zuangcqyius* bail,
怎样 离 又 怎样 去 我们怎样分离去，

Zuangcqyus* beagt* lumc gol jangyndail,
怎样 离 像 棵 香柿 离如柿子离枝头，

Zuangcqyus* bail lumc gol xiangydemh.
怎样去 像 棵 香 莓子 离如莓子怎离去。

Riangz mengz gaangc rizrumz* youq deeuz,
和 你 讲 匆匆 又 逃 讲难分难舍却走，

Mengz banz bux xelfoonx loz yux.
你 成 一个 黑心 呵 友 你成了黑心的人。

Damxdal beagt* jauc xih gah nyal*,
提起 离 头 就 自 乱 提起分离头就晕，

Damxndal beagt* ramxdal xih gah lail.
提起 离 眼泪 就 自 流 说起分离眼泪流。

Damxndal beagt* jauc xih gah jeedt,
提起 离 脑壳 就 自 疼 提起离别头就痛，

Damxdanl beagt* ndaanglgaus xih ruangh.
提起 离 本人 就 愁 　　说起离别就发愁。

Saaul:
女 　　女：

Nauz ndianlxiangl deg nyal beagt* rih,
说 正月 是 杂草 离 土 　　正月时节草离土，

Nauz ndianlnyih deg ramx beagt* linz*.
说 二月 是 水 离 枧槽 　　二月是水离枧槽。

Ndianlsaaml deg beagt* ramx xos naz,
三月 是 离 水 在 秧田 　　三月分水在秧田，

Ndianlsis deg beagt* ramx xos naz.
四月 是 离 水 在 田 　　四月分水在稻田。

Ndianlhac deg beagt* duezlungz lix ramx,
五月 是 离 条龙 有 水 　　五月龙王吐水出，

Ndianlrogt deg beagt* duezdoongz genl ramx.
六月 是 离 霓虹 吃 水 　　六月将下分龙雨。

Ndianlxadt deg lacsec* beagt* mail,
七月 是 庭院 离 线 　　七月分纱来织布，

Ndianlbeedt beagt* bix baaic ndanlbeangz.
八月 离 哥 走 世间 　　八月分我玩世间。

Ndianlguc daaus deengl gaul beagt* mbux,
九月 转 是 藤 离 葫芦 　　九月葫芦初离藤，

Ndianlxib beagt* soongl ndagt naamhhaaul.
十月 离 两 块 白泥 　　十月分两团白泥。

Ndianlidt beagt* soongl ndagt naamhndingl,
冬月 离 两 块 红泥 　　冬月分两块红泥，

Ndianllaab beagt* lumc gol xangyndail*.
腊月 离 像 棵 香柿 　　腊月甜柿始离枝。

Riangz mengz gaangc rizrumz* youq deeuz,
和 你 讲 匆匆 又 逃

讲难分难舍却走，

Maixsaaul nangh baaih riauh* xih daic.
姑娘 坐 那边 山梁 却 哭

姑娘坐在山梁哭。

Zuangcqyius* doc* mengz bail yuxgaus?
怎样 弃 你 去 老友

怎样舍得离老友？

Zuangcqyius* beagt* mengz bail yuxlox?
怎样 隔 你 去 友？

怎样舍得老友离？

Ximl*:
男

男：

Damxndal* beagt* jauc xih nyal*,
提起 离 头 就 乱

提起分离头就晕，

Damxndal* beagt* ramxdal xih lail.
提起 离 眼泪 就 流

说起分离眼泪流。

Ramxdal lail bail lac banz mbos,
眼泪 流 去 下 成 井

眼泪流成一口井，

Ramxdal sos bail lac banz vangz*.
眼泪 梭 去 下 成 凼

眼泪流下成水凼。

Lail bail dah sag haaiz sag banz,
流 去 河 洗 鞋 洗 成

流到河里能洗鞋，

Lail bail dah sag beah sag ndaix.
流 去 河 洗 衣 洗 得

流到河里能洗衣。

Saaul:
女

女：

Meanhnix daaus bail sec* raanz yux,
这时 转 去 院 屋 友

这时转回友家屋，

Meanhnix daaus bail biangh raanz nuangx.
这时 转 去 坝 家 妹　　　　这时妹要转回家。

Daaus bail mbaanx maixsaaul yieh nauz,
转 去 寨 姑娘 也 说　　　　回家不断说到哥，

Daaus bail raanz maixsaaul yieh gaangc.
转 去 那处 姑娘 也 讲　　　　回去不断讲到你。

Saaul diaml* jongs bixnuangx mal nyiel,
情友 参 伙 姐妹 来 听　　　　讲给一伙姐妹听，

Nuangx diaml* baangh hocjis dauc nyiel.
妹 参 伙 伙伴 来 听　　　　又给我的伙伴讲。

Ngonzndeeul dauc maic dianl saaml mbuangl*,
一天 来 必然 讲 三 道　　　　一天三次场合讲，

Ngonandeeul dauc laic nianl saaml daaus.
一天 来 必须 念 三 次　　　　一天必须讲三次。

Miz dianl gvas miz ndaix ndianl ngonz,
不 念 过 不 得 月 日　　　　不讲日子难得过，

Miz nianl gvas miz ndaix ngonzdeel.
不 念 过 不 得 那天　　　　哪天不念哪天苦。

Ximl*:
男　　　　男：

Beagt* saaul bail lumc duez gaisgax,
离 情友 去 如 只 孤鸡　　　　妹离后我像孤鸡，

Beagt* saaul bail lumc duez gaisnais.
离 情友 去 如 一只 小鸡　　　　别后如一只小鸡。

Duez gaisgax rox bail ndaelroongs,
只 孤鸡 会 去 笼里　　　　孤鸡还会进笼里，

Beagt* yuxndil miz wenzlaez songs.
离 好友 无 哪人 哪送　　　　妹去无人送进屋。

Duz gaisnis rox bail ral roongs,
一只 小鸡 会 去 找 笼里 | 小鸡自会进鸡舍，

Mengz gah bail miz buxlaez songs.
你 自己 去 无 哪个 送 | 妹去无人送进家。

Beagt* mengz bail siulmiuc* siulmiuh*,
离 你 去 愁眉 愁脸 | 分离后愁眉苦脸，

Qyas gvas xez loz saaul xunz ndux.
难 过 时辰 呵 情友 玩 从前 | 妹走后日子难熬。

Saaul:
女 | 女：

Beagt* mengz yaanghlaez byaaic ronl jail,
离 你 怎样 走 路 遥 | 离你怎样走远路。

Beagt* mengz yaanghlaez baaic ronlraaiz.
离 你 怎样 走 长路 | 离去怎样走长路。

Youq miz dungx dianh* jeex ndeeul reangz*,
又 不 同 场坝 一 赶 | 又不同赶一场坝，

Youq miz dungx beangz ndeeul baaic.
又 不 共 地方 一 走 | 也不共一地方走。

Ngonzlaez dauc lengc bungz me mbaaus?
哪日 来 才 碰 呀 郎 | 哪日才能遇良哥？

Ngonzlaez daaus lengc ranl yux lox?
哪日 转 才 见 友 啊 | 哪日才能见情哥？

Ximl*:
男 | 男：

Ximl* deg mbael gumsgaih* miz dinl,
哥 是 叶 浮萍 无 脚 | 我像浮萍无根漂，

Ximl* deg mbael ndaais* jiml miz jeeuc.
哥 是 叶 金银花 无 脚跟　　　　我像金银花无跟。

Ximl* deg bux miz eeux miz raanz,
哥 是 个 无 仓 无 房　　　　我是无家可归人，

Ximl* deg wenz miz ngaanz miz haaux.
哥 是 一个 无 银 无 米　　　　我是无银无米人。

Ximl* deg bux liufsenf lacmbenl,
哥 是 一个 刘神 天下　　　　我是凡间的刘神①，

Ximl* deg wenz guangsgunl lacweac.
哥 是 一个 光棍 云下　　　　我是世间光棍汉。

Beagt* siml* bail gezlaez me saaul?
离 哥 去 哪里 呀 情友　　　　我能离妹去哪里？

Beagt* siml daaus gezlaez me yux?
离 哥 转 哪里 呀 友　　　　离友我能去哪儿？

Laail xih beagt* duezal duehyiuh*,
人家 就 离 鸦鹊 鹞子　　　　虽能离乌鸦鹞子，

Mengz xih beagt* bail miz ndaix.
你 就 离 去 不 得　　　　不能离开我情友。

Saaul:
女　　　　女：

Yaangzmaz beagt* saaulyux bail naanz?
什么 离 姑娘友 去 久　　　　什么分离去长久？

Ximl* beagt* yux lumc wenl sax* naamh.
哥 离 友 像 雨 掺 泥　　　　友离去如雨渗泥。

Xeeuhlaez biangh rinlfoonx rox suanx*,
哪辈 坝 黑石 会 叠　　　　哪辈石自然重叠，

---

① 传说刘神虽是一位神仙，却终身未娶，因此人们将他称为光棍神仙。这里指单身汉。

Xeeuhlaez biangh naamhfoonx rox saans?
哪辈 坝 黑泥 会 散 哪辈泥自然消失?

Daail bail qyus beangzvaangz* dungx hoongs,
死 去 住 阴间 共 处 死后阴间共一院,

Ranl mbenl heenc miz ranl mbenl xians.
见 天 黄 不 见 天 转 见黄天不见天转。

Xunz sis mianh miz laaul mbenl hah,
要 四 面 不 怕 天 阻 游四方不怕天阻,

Riangz ximl* suans bail saangl bail weac.
和 哥 打算 去 上 去 云 打算和友登天去。

Riangz ximl* suans bail baaic guc ronl,
和 哥 打算 去 走 九条 路 打算去游九条路,

Saaul miz rox baaic ronllaez ndil?
情友 不 知 要 哪路 好 不知先走哪条好?

Baizndux rauz xih nauz yaangznix,
先前 我们 就 说 这样 前几天我们说过,

Soongl ngonz goons rauz diq yaanghdeel.
两 日 前 我们 提 那样 前几日这样提过。

Xunz ramxxeengx ramxsael hail ndaais*,
玩 凉水 清水 开 花 玩到冷水能开花,

Maic xunz waais ndaeleengl rox dac*.
必须 玩 棉花 缸子 会 绞 玩到棉花自变线。

Xunz golnyec golhaz miz rah,
玩 嫩草 茅草 无 根 玩到草类无根须,

Maic xunz dangz rinlraanz dogt sel.
必然 玩 到 基石 落 字 玩到基石自生字。

Maic xunz sais yinfnaanz dogt qyins*,
必然 玩 官 云南 落 印 玩到云南官失印,

Wenz beangz deel doc* xih hauxlingz.
人　百姓　他　放弃　就　公粮
玩到民不上公粮。

Wenz beangz doc* ngaaiz xiangl miz mbiadt*,
人　间　放弃　早饭　春节　不　摆
玩到春节不摆宴，

Wenz beangz wenl doc* leangc miz gaangl.
人　间　雨　放弃　伞　不　撑
玩到雨天不撑伞。

Guanl* Yinfnaanf doc* nganz miz suans,
官　云南　放弃　银　不　算
玩到官不算银帐，

Saaul lengc doc* dangz mengz yux.
情友　才　放弃　到　你　友
到那时才放弃你。

Nuangx lengc naais dangz mengz yux,
妹　才　累　到　你　友
到那时才会厌倦，

Yaangsdeel beagt* siml* bail xeeuh nix.
那样　离　哥　去　世　这
那时才能离哥去。

Ximl*:
男
男：

Riangz nuangx nangh dangz xeznix dauc,
和　妹　坐　到　现在　来
和妹同坐到现在，

Riangz saaul nauz dangz xeznix mal.
和　情友　说　到　这时　来
和友讲到这时辰。

Danglngonz xeeus baangxbol mbaelmbangs,
太阳　照　山坡　茯苓叶
太阳照到茯苓坡①，

Haz laic nauz miz saaul xunz ndux?
还　须　唱　不　情友　玩　从前
问友还要唱不唱？

Danglngonz xeeus dangz yianz* baangxsaul,
太阳　照　到　边沿　柱头
太阳照到柱子上，

---

① 茯苓坡，指长得有茯苓的山坡，具体指何处无详。

Haz laic nauz miz nuangx xianh ndux?
还 须 说 不 妹 玩 从前 　　问妹还要说不说?

Mengz laic nauz xih ximl* nauz bail,
你 要 唱 就 哥 唱 去 　　还想唱歌就继续,

Mengz laic nauz xih ximl* nyiel bail.
你 要 唱 就 哥 听 去 　　还唱你就唱给哥。

Saaul:
女 　　女:

Danglngonz gvas jiamhbol ndaelmbaanx,
太阳 过[1] 山坳 寨里 　　太阳已过山坳去,

Danglngonz gvas genzraanz mbaanxmbaanl.
太阳 过 房顶 蔡家关寨[2] 　　月亮已过蔡家关。

Ximl* senh* yaanl* laz saaul senh* nangh,
哥 不断 约 呵 情友 不断 坐 　　哥还唱妹就还坐,

Ximl* senh* dangs laz saaul senh* xac.
哥 不断 约 呵 情友 不断 等待 　　哥还说妹就还等。

Mengz laic nauz xih saaul nauz bail,
你 要 唱 就 情友 唱 去 　　还想唱歌就继续,

Mengz laic nauz xih nuangx nyiel bail.
你 要 唱 就 妹 听 去 　　继续唱歌给妹听。

① 夜歌一般唱到天亮还未停止,故有“太阳升起还再唱”的说法。这里的“太阳照过”(danglngonz gvas),指的是夜歌唱到第二天早上太阳升起时。

② 蔡家关寨,地名,在贵阳市南明区境内。

WEANL DEEUZ
逃离

Ximl * :
男　　男:

Meanhnix gul lix jic guabt nganzhaaul,
如今　我 有 几　捧　白银　　如今哥有许多银,

Meanhnix gul lix jic gaangl nganzsais *.
如今　我 有 几　坛　碎银　　哥也有几坛碎银。

Rauz bail jaangl Jeexbyauc xaiz nguangh *,
我们 去 中间　牛场　齐　望　　和妹牛场中间看,

Rauz bail gauc * Jeexnyianz xaiz xex.
我们 去 上端　虎场　齐 买　　和妹虎场前面买。

Rauz bail xex ndaix mbidtmail mbaaus *,
我们 去 买　得　一捆线　美丽　　买得一捆艳丽线,

Rauz bail daaus ndaix mbidtmail ndil.
我们 去　找　得　一捆线　好　　去买得一捆好线。

Myaec jiq ya myaec jiq yuxgaus,
勿生 气 呀 勿生 气　老友　　劝妹不要再生气,

Saaml langl sis myaec jiq yux lox.
三　后 四 勿生 气 友 呵　　再三劝你别生气。

Saaul
女:　　女:

Banzsaail * zaagt * gueh maz ndiaul * rauh *,
拼命　辛劳 做 啥　哟　很　　妹不会拼命劳动,

Banzsaail* zaagt* gueh maz ndiaul* qvax.
拼命 辛劳 做 啥 哟 憨 傻子才拼命劳动。

Guehhoongl dis lungzlaaux xeangx baz,
干活 替 大舅子 养 媳 干活替我哥养嫂，

Guehhoongl dis naxnis xeangx baex.
干活 替 小舅子 养 妻 干活替我弟养妻。

Nauz jaiz ndil xih ndaix ndanldaus,
说 宠爱 好 就 得 梭子 说疼爱才给布梭，

Nauz jaiz rauh* xih haec vagtvez*.
说 宠爱 很 就 得 布档 说疼惜才给布档。

Ndingl* miz ndaix duezxez laez beagt*,
绝对 不 得 黄牛 哪 分 绝不会给我黄牛，

Ndingl* miz beagt* duezwaaiz laez haec.
绝对 不 会 水牛 哪 给 也不分水牛给我。

Naaih neh dauc maixsaaul ndilhamz,
慢 想 来 姑娘 生气 想想姑娘就生气，

Naaih neh daaus maixnuangx ndildaic.
慢想 转 来 姑娘 哭泣 再想就令人伤心。

Qyangl* sis mianh miz buxlaez jaiz,
看 四 面 无 哪个 宠爱 邻居无人宠爱我，

Qyangl* sis mianh miz wenzlaez rumx.
想 四 面 无 哪人 抚养 家里无人抚养我。

Neh bail ral boh xelndil mal jaiz,
想 去 找 父 心好 来 宠爱 另找好爹宠爱我，

Maaic bail ral meeh hozraiz dauc rumx.
爱 去 找 母 好心肠 来 抚养 另找好母抚养我。

Ndaix raanzndil raanzhoc yieh bail,
得 富户 穷户 也 去 富裕贫穷我都去，

Ndingl * miz qyus dinllail lungznax.
绝对 不 住 大门坎 兄弟 不住兄弟家门内。

Ndaix raanzndil raanzhoc yieh reangz *,
得 富户 穷户 也 随 富人穷人我也随，

Ndingl * miz qyus dinlxiangz lungznax.
绝对 不 住 朝门坎 兄弟 不住兄弟朝门内。

WEANL DUNGXBUNGZ
重逢

Ximl*:
男 男:

Raaihnaz hungl saamldaux* qyas leeh,
丘田 大 三斗 难 选 三亩的大田难选,

Raaihnaz zeeh* saamldaux qyas aul.
丘田 泡 三斗 难 要 三亩的泡田难要。

Ndanl xamz gaus saamlbil qyas xaaux,
一个 玩意 旧 三年 难 建起 三年的旧情难建,

Miz deg rasndiaul* xaaux xih banz.
不 是 一时 建起 就 成 不是一时能建起。

Riangz saaul nangh jicbil lengc xaaux,
和 情友 坐 几年 才 建 玩几年才建起来,

Miz deg rasndiaul* xaaux xih banz.
不 是 一时 建起 就 成 不是一时就建成。

Riangz saaul nangh jic ngonz lengc xaaux,
和 情友 坐 几 日 才 建 和妹坐多日才建,

Rauz xil xeeuh ngaauxyieg* ngaauxngenz*.
我们 是 那世 熬夜 熬更 我们熬更又守夜。

Xezdeel nangh ngaauxyieg* xos yinz*,
那时 坐 熬夜 在 认 坐整夜才算认识,

Xezdeel nangh ngaauxngenz* xos xaaux.
那时 坐 熬更 在 建 唱歌来建立感情。

Saaul:
女　　女:

Doc* naanz dauc miz ranl mengz mbaaus,
弃 久 来 不 见 你 郎
隔久不见你情哥，

Doc* naanz daaus miz ranl mengz yux.
弃 久 转 不 见 你 友
好久未见你情友。

Riangz ximl* doc* qyus xeeuhlaez naanz,
和 哥 弃 在 哪辈 久
不知在哪辈分离，

Riangz ximl* wid qyus meeuz laez dauc.
和 哥 丢 在 哪 季节 来
很长时间未相见。

Riangz ximl* doc* qyus zih* wuangcndaais*,
和 哥 弃 在 处 花冲
和哥分别在花冲，

Yangshaiz* naais dangz meeuznix dauc.
那才 累 到 这季节 来
离别直到这季节。

Rauz yieh doc* soongl saaml meeuz zix*,
我们 也 弃 二 三 季 矣
我们分别已三秋，

Rauz yieh wid sis hac laail bil.
我们 也 丢 四 五 多 年
离别已有五年头。

Miz laaul goons rauz nangh yieh ndil,
不 怕 从前 我们 坐 也 好
从前虽同玩同坐，

Miz ndaix gaangc xonz ndil laez gvas.
不 得 讲 句 好 哪 过
不得好好叙衷情。

Dianh* Jeexsax dauc nyec riangz onl,
场地 马场 生 嫩草 和 荆棘
马场已生茅和刺，

Doc* naanz dauc miz ranl yuxgaus.
弃 久 来 不 见 老友
好久未见老朋友。

Buxlaez danc beahhaaul beahfoonx?
哪人 穿 白衣 青衣
哪人穿白衣青衣？

Buxlaez danc beahhaaul saamlsonx * ?
哪人 穿 白衣 三叠 哪人穿白衣三件?

Buxlaez danc beahfoonx saaml xaans?
哪人 穿 青衣 三 层 哪人穿青衣三层?

Deel mal dangz dianh * xunz rauz daaus.
他 来 到 游场 我们 转 这人来到游场玩。

Buxlaez danc beahhaaul saamlsonx * ?
哪人 穿 白衣 三叠 哪人穿白衣三件?

Buxlaez danc beahfoonx saaml xaans?
哪人 穿 青衣 三 层 哪人穿青衣三层?

Deel mal mbaail dangz rauz xunz.
他 来 吩咐 到 我们 玩 这人来和我们玩。

Rauz xih daaus mal baaic ngonzndeeul,
我们 就 转 来 走 一天 我们相约玩一天,

Rauz xih yaanl * mal xunz hoobtndeeul.
我们 就 约 来 游 一周 约定一起玩一周。

Ximl * :
男 男:

Doc * naanz dauc miz ranl mengz saaul,
弃 久 来 不 见 你 情友 隔久不见你情友,

Doc * naanz daaus miz ranl mengz nuangx.
弃 久 转 不 见 你 妹 好久未见你情妹。

Dianh * genlianl rauz haz lix dauh,
场地 吃烟 我们 还 有 烟灰 游场还有烟灰影,

Dianh * Jeexbyauc rauz haz lix zaanz * .
场地 花溪 我们 还 有 残 花溪场还有烟头。

Naaih neh dauc yaanl * baaic ngonzndeeul,
慢 想 来 约 走 一天 想要约友玩一天,

Naaih neh daaus mal xunz hoobtndeeul.
慢 想 转 来 游 一周 　　想要约妹转一周。

Naaih neh daaus mal bungz yuxgaus,
慢 想 转 来 遇 老友 　　想来会会老朋友，

Naaih neh daaus mal bungz yux lox.
慢 想 转 来 遇 友 呵 　　想来见见我情妹。

Saaul:
女 　　女：

Saaul naaih gaangc liangfxiny mengz nyiel,
情友 慢 讲 良心 你 听 　　妹将心事讲你听，

Saaul naaih nauz liangfyianf mengz rox.
情友 慢 叙 良缘 你 知 　　我慢叙良缘你晓。

Doc* naanz dauc riangz doc* naanz laix,
弃 久 来 和 弃 久 哟 　　我俩许久未相见，

Doc* naanz dauc miz ranl ndaais* laix.
弃 久 来 不 见 花哟 　　如同隔久未见花。

Doc* naanz daaus miz ndaix huiq ximl*,
弃 久 来 不 得 会 哥 　　许久未与哥相会，

Doc* naanz dauc miz bungz yuxgaus.
弃 久 来 不 遇 老友 　　隔久不遇老朋友。

Doc* naanz daaus nauz weanl xih laaul,
弃 久 来 上 歌 就 怕 　　许久未见歌难唱，

Doc* naanz dauc nauz haaus xih lumz.
弃 久 来 说 话 就 忘 　　隔久不见口难开。

Aul maz gaangc haec mengz yuxgaus?
要 啥 讲 给 你 老友 　　讲啥话给老友听？

Aul maz nauz haec mengz yux lox?
要 啥 叙 给 你 友 呵 　　要啥叙给老友听？

Riangz mengz gaangc xonzlaez miz goomh,
和 你 讲 哪句 不 盖
讲哪句也不圆满，

Riangz mengz yiams* xonzlaez miz lumc.
和 你 唱 哪句 不 像
唱歌都不像以前。

Naaihnauz byal miz henc nazndees*,
以为 鱼 不 上山 梁田
以为鱼不上高田，

Naaihnauz nyaauh miz henc nazdamz.
以为 虾 不 上 塘田
以为虾不到塘田。

Naaihnauz yux miz xunz lumc goons,
以为 情友 不 玩 如 以前
以为情友已不同，

Naailnauz mbaaus miz xunz lumc ndux.
以为 郎 不 玩 如 从前
以为情哥已不玩。

Naaihnauz mbenl miz deagt* weaclux*.
以为 天 不 分 绿云
以为天不现绿云。

Naaihnauz rumz miz deagt* weacnyuangz*.
以为 风 不 分 浓云
以为风不吹乌云。

Naaihnauz yux xunz nyuangz* miz buangs*,
以为 友 玩 浓趣 不 游
以为哥不来游玩，

Naaihnauz mbaaus xunz nyangz* miz baaic.
以为 郎 玩 浓趣 不 走
以为哥不爱走动。

Meanhnix dauc rauz baaic lumc goons,
现在 来 我们 走 如 以前
现在我们玩如前，

Meanhnix daaus rauz xunz lumc ndux.
现在 转 我们 游 如 从前
现在来玩如从前。

Ximl*:
男
男：

Nauz nix xih mengz nyiel yuxgaus,
说 这 那 你 听 老友
说这些给老友听，

Yux nauz daaus mengz nyiel jic yux.
友 说 转 你 听 几 友

说给我的情妹听。

Doc* naauz dauc jic ronl jic laanh*,
弃 久 来 几 路 几 缓

许久未见好思念，

Doc* naanz daaus jic yaangh jic lumz.
弃 久 来 几 样 几 忘

离久了什么都忘。

Ngonznix haaus maic seeuc jic dingz,
今日 话 必然 少 几 倍

今日话要少几倍，

Meanhnix weanl maic lumz jic laangc*.
现在 歌 必然 忘 几 首

现在歌要少几首。

Aul maz gaangc haec mengz yuxgaus?
要 啥 讲 给 你 老友

不知讲啥给你听？

Aul maz nauz haec mengz yux lox?
要 啥 叙 给 你 友 呵

不知叙啥给妹听？

Mengz weiq sians yaangzmaz miz buangs*?
你 为 事情 哪样 不 游

你为何事不游玩？

Mengz weiq sians yaangzmaz miz baaic?
你 为 事 哪样 不 走

你为哪件事不走？

Saaul:
女

女：

Riangz ximl* doc* qyus ndianllaez liuh*?
和 哥 弃 在 哪月 矣

和哥离别在哪月？

Riangz ximl* doc* qyus xeeuh yaanghlaez?
和 哥 弃 在 哪辈 哪样

和哥分别在哪辈？

Saaul naaih neenl naaih gaangc mengz nyiel,
情友 慢 记 慢 讲 你 听

让友回忆说给你，

Nuangx naaih neenl naaihnauz mengz rox.
我们 慢 记 慢说 你 知

让妹说给你知道。

Riangz ximl* doc* qyus ngonzmauc xibsaaml,
和 哥 弃 在 卯日 十三
离别在卯日十三,

Riangz ximl* doc* ngonzxiz xibsis.
和 哥 弃 辰日 十四
离别在辰日十四。

Saaul xih neenl saauhnix laail naanz,
情友 就 记 这么 多 久
情妹惦记这么久,

Nuangx xih neenl dangz meeuznix dauc.
妹 就 记 到 这季节 来
我就记到今秋来。

Riangz ximl* doc* qyus ngonzxiz xibbeedt,
和 哥 弃 在 辰日 十八
离别在辰日十八,①

Riangz ximl* wid saauhnix laail naanz,
和 哥 扔 这么 多 久
和哥离别这么久,

Riangz ximl* wid dangz meeuznix dauc.
和 哥 扔 到 这么节 来
和哥离别到今秋。

Ximl*:
男
男:

Doc* naanz miz baaic guangsrih nyal,
弃 久 不 走 土坎 草茂盛
久不走土坎草茂,

Doc* naanz miz raaih guangsnaz luas.
弃 久 不 修整 田坎 垮
久不修整田坎垮。

Doc* naanz miz buangs* ronl xih mbaangl,
弃 久 不 游 路 就 淡薄
久不游玩路就疏,

Doc* naanz miz buangs* ronl yaanl* seeuc.
弃 久 不 游 路 约 就少
久不出游约会少。

Rauz maic buangs* ganx baaic loz saaul,
我们 必须 游 勤 走 呵 情友
我俩必须勤游玩,

① 这些时日都是泛指,不具体指何日何时。用在此处有两个作用:一表明男女青年分离时间很长;二是为了押韵。

Rauz maic buangs* ganx xunz loz yux.
我们 必须 游 勤 游 呵 友

我俩必须勤来玩。

Saaul:
女

女:

Nyiel mengz gaangc dangz soongl ngonz goons,
听 你 讲 到 两 日 以前

听你讲到两日前,

Nyiel mengz nauz dangz saaml ngonz ndux.
听 你 叙 到 三 日 以前

听你说到三日前。

Deanl dangz goons rauz dungx bail xunz.
回忆 到 以前 我们 同 去 游

以前我们曾出游,

Goons jaucndux rauz dungxdoih xunz.
以前 先头 我们 一起 玩

先前一同出去玩。

Xunz lix qinq rauz xel miz hes,
玩 有 情 我们 心 不 干

因为有情不甘心,

Xunz lix eny rauz xel miz lamx.
玩 有 恩 我们 心 不 倒

因为有意不死心。

Xel miz hes riangz ximl* xunz ndux,
心 不 干 与 哥 玩 以前

想要继续来游玩,

Xel miz hes riangz yux xunz naanz.
心 不 干 与 友 玩 久

继续玩才放宽心。

Xel miz hes dangz meeuznix dauc,
心 不 干 到 这季节 来

心不干到今秋来,

Xeznix dauc riangz meanhnix daaus.
现在 来 和 现在 转

一直延续到今日。

Deg soongl baaih yinyyianf rauz dangz,
是 两 边 姻缘 我们 到

我们双方有姻缘,

Deg soongl baaih yianffaf rauz dauc.
是 两 边 缘发 我们 来

今日缘分已到来。

Rauz lengc guanc* gueh yiz* ndeeul nangh,
我们 才 挨拢 作 一仓 坐　　我们才在一屋坐，

Rauz lengc guanc* gueh dangsndeeul nangh.
我们 才 挨拢 作 一凳 坐　　我们才坐一条凳。

Daaus mal gaangc lumc soongl ngonz goons,
回 来 讲 如 两 日 以前　　回来交谈如以前，

Daausmal ndilmaiz lumc soongl ngonz ndux.
回来 欢如 两 日 从 前　　回来欢乐如从前。

Ximl*
男：　　男：

Doc* naanz dauc miz ranl mengz saaul,
弃 久 来 不 见 你 情友　　许久未见你情友，

Doc* naanz daaus miz ranl mengz nuangx.
弃 久 回 不 见 你 妹　　隔久不见你情妹。

Miz ranl naaih mengz xaml bail haaic,
不 见 以为 你 沉 去 海　　不见以为你沉海，

Miz ranl naaih saaul xunz miz ndaix.
不 见 以为 情友 游 不 得　　我以为你不玩了。

Miz ranl naaih deg yaanghnix leeux,
不 见 以为 是 这样 完　　以为妹这样罢休，

Miz ranl naaih deg jeeuz* dadt bail.
不 见 以为 是 剪刀 剪 去　　不见以为断来往。

Soongl rauz daaus mal baaic ngonzndeeul,
俩 我们 回 来 走 一天　　我们再来约一天，

Soongl rauz daaus mal xunz hoobtndeeul.
俩 我们 回 来 游 一周　　相约一起玩一周。

Saaul:
女　　女:

Rauz maic gaangc dangz soongl ngonz goons,
我们 必须 讲 到 两 日以前
必须讲到两日前,

Rauz maic neenl dangz saaml ngonz ndux.
我们 必须 记 到 三 日 从前
我们必须说从前。

Gocsiz xeeuh genl manc dungxndanl,
可惜 那辈 吃 李 同个
从前同吃一个李,

Gocsiz xeeuh dungxronl bail jeex.
可惜 那辈 同路 去 赶场
从前和你同赶场。

Gocsiz xeeuh genl manc dungxgamz,
可惜 那辈 吃 李 整把
从前分李共一摊,

Gocsiz xeeuh dungxdamz* daaus jeex.
可惜 那辈 同伙 回 场
从前回家共一路。

Gocsiz xeeuh yangznganx* miz ximl*?
可惜 那辈 样子 不 哥
从前事还记得吗?

Gocsiz xeeuh yangzdil* miz yux?
可惜 那辈 那样 不 友
从前日子忘了没?

Ximl*:
男　　男:

Doc* naanz dauc miz ranl mengz saaul,
弃 久 来 不 见 你 情友
许久未见你情友,

Doc* naanz daaus miz ranl mengz nuangx.
弃 久 回 不 见 你 妹
隔久不见你情妹。

Miz ranl naaih mengz xaml bail haaic,
不 见 以为 你 沉 去 海
不见以为你沉海,

Miz ranl naaih mengz daail ndaelramx.
不 见 以为 你 死 水里
以为你死在水里。

Miz ranl naaih mengz gamc* riangz ruz*,
不 见 以为 你 翻倒 与 船
以为你乘船翻倒，

Miz ranl naaih mengz fuz baillac.
不 见 以为 你 浮 下去
以为你随水漂流。

Miz ranl naaih saaul baaic miz banz,
不 见 以为 情友 走 不 成
以为妹你不能约，

Miz ranl naaih yux xunz miz ndaix.
不 见 以为 友 游 不 得
以为情友不能游。

Saaul:
女
女：

Doc* naanz miz baaic guangsrih nyal,
弃 久 不 走 土坎 草茂盛
久不走土坎草茂，

Doc* naanz miz baaic rih baanz* ngaaih.
弃 久 不 走 土 偏坡 艾
久不踩坡生艾草。

Doc* naanz miz baaic waaih dianh*xunz,
弃 久 不 走 坏 游场
久不出游情意疏，

Doc* naanz miz dauc banz haaussais*.
弃 久 不 来 成 闲话
隔久不玩闲话多。

Haaussais* buangh* ronl benc miz soh,
细语 半 路 本来 不 直
半路闲言不可信，

Haausbaangz* buangh* ronl benc miz diuz*.
闲话 半 冲 本来 不 灵
半路碎语不要信。

Maic saaul gaangc haec ximl* lengc xinl,
必须 情友 讲 给 哥 才 真
听妹口讲才是真，

Maic nuangx nauz haec ximl* lengc diuz*.
必须 妹 讲 给 哥 才 灵
妹口说出才是真。

Ximl*:
男　　　　　　　　　　　　　　　　男：

Doc* naanz dauc miz ranl ndaais* laix,
弃 久 来 不 见 花哟　　　　许久我未见鲜花，

Doc* naanz dauc miz ndaix ndaais* haaul.
弃 久 来 不 得 白花　　　　隔久未能见白花。

Naaihnauz saaul guehlox miz buangs*,
以为 情友 作哄 不 游　　　　以为情友在撒谎，

Naaihnaauz nuangx guehdeangz* miz baaic.
以为 妹 作甜言 不 走　　　　花言巧语在哄哥。

Naaihnauz yux gah bail dangyjay,
以为 友 自 去 当家　　　　以为妹已成他妇，

Naaihnauz saaul gah bail xaauxeeux.
以为 情友 自 去 立户　　　　以为妹已成人妻。

Doc* naanz dauc miz ranl maslizsaanl,
弃 久 来 不 见 石榴　　　　许久未见石榴花，

Naaihnauz yux gah genl geh qyus.
以为 友 自 吃 自 居住　　　　以为妹独立居住。

Rauz maic buangs* bail nac laail qyangl,
我们 必须 游 去 向前 别人 看　　　　我们续缘给人看，

Rauz maic buangs* bail naanz laail qyex*.
我们 必须 游 去 久远 别 视　　　　相约玩给别人瞧。

Rauz myaec doc* ngonzlangl laail wuans*,
我们 不要 弃 哪日 别人 观　　　　不要离弃让人笑，

Myaec leanl* doc* gaadt doons ngonzlaez.
不要 乱 弃 尽 断 哪日　　　　不能有一日断绝。

Saaul：
女　　　　　　　　　　　　　　　　女方：

Neenl ndaix xeeuh dianl soongl ngonz goons，
记　得　那辈　月　两　日　以前　　　　记得那月两日前，

Neenl ndaix xeeuh ndianl saaml ngonz ndux.
记　得　那辈　那月　三　日　从前　　　　记得那月三日前。

Gocsiz xeeuh hencbol genl legmuangx*，
可惜　那辈　上山　吃　莓子　　　　我们上山摘野莓，

Gocsiz xeeuh rauz ruangh jic ngonz.
可惜　那辈　我们　思念　几　天　　　　我们相互思念着。

Gocsiz xeeuh genl ianl dungxsanc，
可惜　那辈　吃　叶烟　整支　　　　那卷叶烟整支抽，

Gocsiz genl leggangz* dungxjis.
可惜　吃　刺梨　整枝　　　　摘枝刺梨逐个吃。

Ximl* qyiaux* jisndeeul yianh haec saaul，
哥　摘　一枝　递　给　情友　　　　哥摘一枝递给妹，

Saaul yieh qyiaux* jisbdeeul haec yux.
情友　也　摘　枝把　给　友　　　　妹也摘枝给情哥。

Dingz denh* dingz neenl ndaix miz mbaaus?
边　叙　边　记　得　不　郎　　　　这些事情记得吗？

Denh* dingzbuangh* neenl dangz miz yux?
叙　半中　记　到　不　友　　　　回忆记得清楚吗？

Mengz ranl leggangz* xih qyiaux* jisndeeul，
你　见　刺梨　就　摘　枝把　　　　你见刺梨摘一枝，

Dangz henzmbos aul zil* bail ramx.
到　井边　要　戳　去　水　　　　走到井边扔井里。

Saaul xih mangx* laail jis miz xaml，
情友　就　认为　多　枝　不　沉　　　　我认为刺梨不沉，

Nuangx mangx* laic nyuangz* gvas xeeuh.
妹 认为 必然 浑 过 一辈 我以为相守一生。

Rauz doc* naanz xih zeez* miz rauc,
我们 弃 久 就 茶 不 热 分离太久茶已凉,

Rauz yieh doc* naanz rauc miz lix.
我们 也 弃 久 温暖 不 有 温暖已变成冷淡。

Naaih ximl* xingl gvas yaangx* laez bail,
以为 哥 牵 过 洋 哪 去 以为哥已漂过洋,

Naaih ximl* xingl gvas jeex laez leeux.
以为 哥 牵 过 场坝 哪 完 以为哥已离此地。

Xeznix daaus mal huiq yuxgaus,
现在 转 来 会 老友 现在回来会老友,

Meanhnix daaus mal huiq yux lox.
现在 转 来 会 情哥 呵 现在回来得相会。

Daaus mal gaangc miz beagt* ngonzlaez,
转 来 讲 不 分离 哪天 约定日日不分离,

Daaus mal nauz miz diuh* ngonzlaez.
转 来 说 不 摔 哪天 约好日日不分别。

Rauz maic gaangc lumc soongl ngonz goons,
我们 必须 讲 如 两 日 以前 我们游玩如从前,

Rauz maic huany lumc saaml ngonz ndux.
我们 必须 欢 如 三 日 从前 游玩欢乐似从前。

Ximl*:
男 男:

Doc* naanz dauc miz ranl mengz saaul,
弃 久 来 不 见 你 情友 许久未见我情妹,

Doc* naanz daaus miz ranl ndaaisgos*.
弃 久 转 不 见 杜鹃花 隔久不见杜鹃花①。

Doc* naanz dauc miz bail bangxwaail,
弃 久 来 不 去 河堰边 许久未走河堰边，

Doc* naanz daaus miz baaic bangxmbos.
弃 久 转 不 走 井边 隔久不走泉水边。

Naaihnauz raanx bangxwaail miz los*,
以为 水 堰边 不 响 以为河堰水不流，

Naaihnauz ramx bangxmbos miz lail.
以为 水 井边 不 流 以为清泉水不流。

Naaihnauz yux ronl jail miz buangs*,
以为 友 路 远 不 游 以为情妹不再游，

Naaihnauz saaul ronljail miz baaic.
以为 情友 路远 不 走 以为隔远不往来。

Saaul:
女 女：

Soongl bil goons youq saaml bil ndux,
两 年 以前 又 三 年 从前 在那两三年以前，

Soongl bil ndux youq saaml bil roomh.
两 年 从前 又 三 年 早 在那从前的时候。

Roonghdianl os ramxraaiz xih henc,
月亮 出 露水 就 上 玩到月光照露水，

Ramxraaiz henc xos genz jisais*.
露水 上 在 上面 竹枝 露水积在竹叶上。

Xeeuh lix nis xih riangz mengz xaaux,
那辈 有 小 就 和 你 建起 从小和你有交情，

① ndaaisgos，传说中的奇花，但是否为多色杜鹃花，有待考查。

Xeeuh lix nis xih riangz mengz yinz*.
那辈 有小 就 与 你 认
从小和你就认识。

Dianh* xunz buangs* saauhnix laail naanz,
游场 游 这么多 多 久
和你游玩这么久，

Dianh* xunz buangs* dangz meeuz nix dauc.
游场 游 到 季节 这 来
和你玩到那年秋。

Miz laaul wid saauhnix laail naanz,
不 怕 扔 这么多 迢 久
不怕离别这么久，

Miz laaul wid dangz meeuz nix dauc.
不 怕 扔 到 季节 这 来
不怕离别到这秋。

Rauz deg baanc* nyianfciny mbaeljil,
我们 是 那般 年青 松叶
我们就像不老松，

faanh bil dauc yieh deengl yangznganx*.
万 年 来 也 是 那样
一万年也是这样。

Rauz deg baanc* nyianfciny mbaelyiangl,
我们 是 那般 年青 香樟叶
我们就像樟树叶，

Xeeuhlaez lumc xeeuhdeel yangzyians*.
哪辈 像 哪辈 原来
一如既往不改变。

Ndil miz gvas zal* haaux riangz deh,
好 不 过 饭碗 和 筷
我们关系如碗筷，

Lix deh zal* lengc genlhaux banz.
有 筷 碗 才 吃饭 成
有筷碗才能上桌。

Ximl*:
男
男：

Meng gah doc* ndaellxel miz daaus,
你 自 放弃 心里 不 转
你放弃变了心意，

Mengz gah naais ndaellxel miz huix.
你 自 累 心里 不 回
你放弃不转心意。

Soongl bil goons riangz ximl* dungx dax,
两 年 以前 和 哥 相 比　　以前和哥比高低，

Goons jaucndux riangz yux dungx nauz.
以前 先头 和 友 齐 说　　先前和哥结誓言。

Baillangl dauc zuangc* nauz doc* saaul,
后来 来 怎样 说 呀 情友　　后来为何会放弃，

Xeznix daaus zuangc* nauz muh yux?
现在 转 怎样 说 呀 友　　问妹现在怎样讲？

Mengz gah naais dauc naail* miz hoc,
你 自 累 来 虚 不 穷　　你若厌倦就直说，

Mengz gah naais dauc doc* miz banz.
你 自 累 来 弃 不 成　　你不想玩也难留。

Mengz gah naais gah jiangh* faixgungl*,
你 自 累 自 奔 岩青冈　　你偏攀爬山顶岩，

Mengz gah naais gah hauc fenzroz.
你 自 累 自 入 干柴　　你偏要爬干树枝。

Deg laez duanq xeeuh xoz mengz myaec xunz,
是 哪 断 那辈 青年 你 不 玩　　谁人阻止你出游，

Deg laez haais xeeuh xoz mengz yux?
是 哪 害 那辈 年青 你 友　　谁人不让你游玩？

Mengz gah naais gah jiangh* faixgungl*,
你 自 累 自 奔 岩青冈　　你偏攀爬山顶岩，

Mengz gah naais gah hauc fenzroz.
你 自 累 自 入 干柴　　你偏要爬干树枝。

Deg laez duanq xeeuh biangz* mengz saaul?
是 哪 断 那辈 荣幸 你 情友　　谁断你欢乐时光？

Deg laez haais xeeuh biangz* mengz yux?
是 哪 害 那辈 荣幸 你 友　　谁害你难获幸福？

Saaul:
女 女:

Nauz nix xih mengz nyiel yuxgaus,
说 这 那 你 听 老友 说这些给老友听,

Naaih nauz daaus mengz nyiel yuxlox.
慢 说 转 你 听 情友 慢慢说给情哥听。

Nyiel mengz gaangc you nyiel mengz hams,
听 你 讲 又 听 你 叙 听见情哥在询问,

Nyiel mengz nauz youq nyiel mengz diq.
听 你 叙 又 听 你 提 听见情友在提问。

Buxlaez haec saaul bail dangy jay,
谁 叫 情友 去 当 家 是谁叫我去当家,

Buxlaez rumx* nuangx bail xaaux eeux.
谁 抚 妹 去 建起 仓 谁人叫妹建家庭。

Buxlaaux haec saaul bail dangy jay,
老人 叫 情友 去 当 家 老人叫我去当家,

Bohmeel haec nuangx bail xaaux eeux.
父母 叫 妹 去 建起 仓 父母叫妹建家庭。

Buxwenz jaul qyus beangz xeeuhnix,
人们 活 在 地方 世上 人们住在这世间,

Buxwenz jaul qyus genz beangznix.
人们 活 在 上 世上 人们活在这世间。

Buxlaez bux miz gueh naz haux?
哪个 人 不 做 田 稻 哪人不去种水稻?

Buxlaez bux miz nyaaux* guehhoongl?
哪个 人 不 奋力 干活 哪个不努力干活?

Duanhgoons doc* duanhndux miz nauz,
前段 让 前段 不 说 过去事情就不说,

Bildaul doc* bilndux miz suans.
前年 弃 前年 不 算 过去事情不再记。

Xaiz bail nac youq duanh bail langl,
齐 去 向前 又 段 去 后 今后我们往前看,

Xaiz bail langl youq duanh bail mos.
齐 去 今后 又 段 去 新 今后齐走新征程。

Xohrez mos ndaix baaic dangz ximl*,
今后 新 得 走 到 哥 今后我们常往来,

Xohrez mos ndaix xunz dangz yux.
今后 新 得 玩 到 友 今后继续来对歌。

Ximl*:
男 男:

Soongl bil goons mengz gaangc maz haaus,
两 年 以前 你 讲 啥 话 两年前你曾说啥,

Goons jauc ndux mengz nauz maz haaus?
以前 先头 从前 你 说 啥 话 从前你曾说过啥?

Xeeuh dogt xeeuh riangz ximl* dungxxunz,
一世 落 一世 和 哥 一起玩 世世陪哥一起玩,

Xeeuh dogt xeeuh riangz yux bail xianh.
一世 落 一世 和 友 去 游 代代陪哥去游玩。

Baillangl doc* zuangc* nauz maz saaul?
后来 放弃 怎样 说 啥 情友 后来为何会放弃?

Baillangl naais zuangc* nauz maz yux?
后来 累 怎样 说 呀 友 后来厌弃又为何?

Mengz gaangchaaus xos lac ndagtrinl,
你 讲话 在 下 石头 你发誓攀越峭岩,

Mengz gah gaangc gah binl miz gvas.
你 自 讲 自 爬 不 过 讲了又翻不过去。

Mengz gaangchaaus xos lac rianz,
你 讲话 在 下 石岩
你发誓翻越石岩，

Mengz gah gaangc gah binl miz gvas.
你 自 讲 自 爬 不 过
讲了又翻不过去。

Xezdeel dauc dogtnaanh rauh saaul,
那时 来 吃苦 呵 情友
翻越不过仍受苦，

Xezdeel daaus dogtnaanh rauh yux.
那时 转 吃苦 呵 友
那时妹吃了苦头。

Laaulnaanh daaus mal baaic ngonzndeeul,
怕苦 转 来 走 一天
劝妹回心玩一天，

Laaulnaanh daaus mal xunz hoobtndeeul.
怕苦 转 来 游 一周
劝妹转意玩一周。

Daaus mal baaic lumc xeeuh bail xunz,
转 来 走 如 那辈 去 游
劝妹回来游如前，

Daaus mal baaic lumc wenz bail buangs*.
转 来 走 如 人们 去 荡
劝妹回来欢如往。

Saaul:
女
女：

Saaul naaih neh naaih gaangc mengz nyiel,
情友 慢 记 慢 讲 你 听
我慢回忆讲给你，

Nuangx naaih neh naaih nauz yux rox.
妹 慢 记 慢 说 友 知
我慢叙说让友知。

Soongl hamh goons bazhenz deeuz roomh,
两 夜 以前 做梦 逃 早
前两夜梦逃离家，

Saaml hamh ndux bazhenz deeuz bail.
三 夜 从前 做梦 逃 去
三夜前做梦逃走。

Labtdal xeeuh labt laix* bungz mengz,
闭眼 那辈 闭 去 遇 你
闭眼做梦遇着你，

Labtdal hamhdeel bazhenz bungz yux.
闭眼 那晚 做梦 遇 友 那夜做梦遇情哥。

Bazhenz yaanl* zaf yux diaml* nangh,
做梦 邀 咱友 参 坐 做梦邀哥来相坐，

Bazhenz dangs zaf yux genl ianl.
做梦 约 咱 友 吃 烟 做梦约哥抽丝烟。

Saaul xos raanz banz ruangh mizxaml,
情友 在 家 成 思念 不 安 在家念哥坐不安，

Bazhenz faanh guangsraanz bail qvunx*.
做梦 翻越 围墙 去 那边 梦越围墙去那边。

Nuangx xos raanz banz ruangh azdeanl*,
妹 在 家 成 思念 喃喃自语 在家想哥念不停，

Bazhenz faanh guangsseanl* bail qvunx*.
做梦 翻越 园埂 去 那边 梦越围栏去那边。

Ngonzlangl qyus genzmbaanx gueh rih,
次日 在 寨上边 做 土 次日在后坡薅土，

Ngonzlangl riauh* genzmbaanx gueh hoongl.
次日 山梁寨 上边 做 活 次日在山梁干活。

Saaul ngaangx nac xih ximl bail mbenl,
情友 仰 面 就 盯 去 天 仰面我就看着天，

Ranl jiaul* weac jiaul* luamh* jiaul* foonx.
见 云带 带 昏 带 暗 见云带有淡有黑。

Xezdeel neh riangz ximl* guehhaux,
一时 想 和 哥 做饭 时时想帮哥做饭，

Xeeuhdeel neh riangz yux gueh meeuz.
一世 想 和 友 做 庄稼 这世想和哥种田。

Xezdeel gaangc dangz mengz yuxgaus,
一世 讲 到 你 老友 时时都念老朋友，

Xeeuhdeel neh dangz mengz yux lox.
一世 记 到 你 情友 这世都想念情友。

Rez ndingl deg maix deggac laez nianl?
耳 红 遭 姑娘 怎样 哪 念 哥耳为何那么红，

Rez ndingl deg ruaih* daail laez nauz?
耳 红 是 女 死 谁 叙 耳红是因谁挂念？

Ximl* miz rox deg saaul ngonzngonz neh,
哥 不 知 是 情友 日日 想 哥不知是妹挂念，

Ximl* miz rox deg nuangx xezxez ruangh.
哥 不 知 是 妹 时时 思念 耳红不知是因妹。

Ximl*:
男 男：

Gocxiz qinq riangz gozxiz xeeuh,
可惜 情 和 可惜 那辈 可惜那时的感情，

Gocxiz qinq qyus jauc bolmeeuh.
可惜 情 在 头 庙山 可惜庙山的情谊。

Gocxiz xeeuh qyus jauc bolsaangl,
可惜 那辈 在 头 高坡 可惜那时坡头玩，

Gocxiz xeeuh qyus gaangl* Damzriangx.
可惜 那辈 在 间 甘荫塘 可惜玩在甘荫塘①。

Ximl* xih genl ramxxeengx dangldans*,
哥 就 吃 凉水 整一顿 哥在那里喝泉水，

Nuangx yieh genl ramxxeengx dangldans*.
妹 也 吃 凉水 一顿 妹也共饮那处水。

Gocxiz xeeuh yangznganx* miz saaul?
可惜 那辈 样子 不 情友 可惜那个场景吗？

---

① 甘荫塘，地名，在贵阳市南明区境内。

Gocxiz xeeuh yaanghdeel miz nuangx?
可惜 那辈 那样 不 妹 可惜那时情谊吗？

Saaul:
女 女：

Gocxiz xeeuh qyus bol genzmbaanx,
可惜 那辈 在 坡寨 上面 可惜在那寨后坡，

Gocxiz xeeuh qyus baangx genzraanz.
可惜 那辈 在 偏坡 屋后上面 可惜在那屋后山。

Gocxiz gaangc jicngonz xel niadt*,
可惜 讲 几天 心 实 可惜游玩时间短，

Gocxiz mbiadt* jicngonz xellamx.
可惜 摆谈 几天 心干 可惜未能述衷情。

Gocxiz xeeuh qyus lac bolrinl,
可惜 那辈 在 下 石头坡 可惜在那石头坡，

Gocxiz xeeuh rauz genl legmuangx*.
可惜 那辈 我们 吃 莓子 我们一起摘野莓。

Gocxiz xeeuh yangznganx* miz ximl*?
可惜 那辈 样子 不 哥 可惜那个场景吗？

Gocxiz xeeuh yaanghdeel miz yux?
可惜 那辈 那样 不 友 可惜那时情谊吗？

Ximl*:
男 男：

Gocxiz xeeuh ndamlnaz banz baaiz,
可惜 那辈 栽秧 成 行 可惜那时秧成行，

Gocxiz baaic jaanglronl banz saus*.
可惜 走 路上 成 伙 可惜赶路结成伴。

Gocxiz xeeuh rauz reangz* bail jeex,
可惜 那辈 我们 随 去 赶场
那时一同去赶场，

Gocxiz xeeuh daaus jeex banzdamz*.
可惜 那辈 转 场 成群
赶场和妹同路回。

Gocxiz xeeuh rauz xunz reeul aangs,
可惜 那辈 我们 玩 笑 高兴
那时同游很欢乐，

Gocxiz xeeuh rauz xunz reeul ndil.
可惜 那辈 我们 玩 笑 好
那时游玩好欢乐。

Saaul:
女
女：

Saaul yinz* mengz dangz gucxibguc,
情友 认 你 到 九十九
相约玩到九十九，

Yinz* zafyux dazdiuh* naaih beagt*.
认 咱友 倒下 慢 分离
腿不能走再分离。

Rauz laic buangs* leeuxmbaanx siml* fez,
我们 须 荡 全寨 哥 荒芜
玩到你寨变荒野，

Wenz baaic dinlngez* miz qyus.
人 走 篱脚 不 存在
无人无影走篱笆。

Ximl*:
男
男：

Naaihnauz genz miz deadt* mbenllux*,
以为 上 不 揭 绿天
我以为不见蓝天，

Naaihnauz weac miz dead*t mbenlyeeul.
以为 云 不 揭 青天
我以为不见青天。

Naaihnauz yux ndaanglziaul* miz buangs*,
以为 友 窈窕 不 游
以为情友不再玩，

Naaihnauz nuangx ndaanglziaul* miz baaic.
以为 妹 窈窕 不 走
以为情妹不再游。

Xeznix genz laic deadt* mbenllux*,
现在 上 须 揭 绿天
现在已经见蓝天，

Xeznix weac laic deadt* mbenlyeeul.
现在 云 须 揭 青天
现在云散见青天。

Xeznix yux ndaanglziaul* dauc buangs*,
现在 友 窈窕 来 游
现在情友再来玩，

Xeznix nuangx ndaanglziaul* dauc baaic.
现在 妹 窈窕 来 走
现在情妹再来玩。

Saaul:
女
女：

Naaihnauz byal miz henc nazndiaus*,
以为 鱼 不 上 冈田
以为鱼不上高田，

Naaihnauz nyaauh miz henc nazraiz.
以为 虾 不 上 长田
以为虾不上长田。

Naaihnauz yux ndiljaiz miz buangs*,
以为 友 宠爱 不 游
以为情哥不再玩，

Naaihnauz mbaaus ndiljaiz miz baaic.
以为 郎 宠爱 不 走
以为情友不再走？

Xeznix byal dauc henc nazndiaus*,
现在 鱼 来 上 冈田
现在鱼已上高田，

Xeznix nyaauh dauc henc nazraiz.
现在 虾 来 上 长田
现在虾已上长田。

Xeznix yux ndiljaiz dauc buangs*,
现在 友 宠爱 来 荡
现在情友再来玩，

Xeznix mbaaus ndiljaiz dauc baaic.
现在 良哥 宠爱 来 走
现在情哥再来走。

Ximl*:
男　　　　男:

Gocxiz qinq riangz gocxiz xeeuh,
可惜 情 和 可惜 那时
可惜昔日感情深,

Gocxiz qinq qyus Bol raamljiuh.
可惜 情 在 山 抬轿
可惜玩在轿子山①。

Gocxiz xeeuh qyus jauc Bolduz,
可惜 那时 在 头 独坡脚②
可惜玩在独坡脚,

Gocxiz xeeuh mizyuz* mizrox.
可惜 那时 年幼 无知
可惜那时还年幼。

Gocxiz xeeuh yangznganx* miz saaul?
可惜 那辈 样子 不 情友
可惜那个场景吗?

Gocxiz xeeuh yaanghdeel miz nuangx?
可惜 那辈 那样 不 妹
可惜那时情谊吗?

Saaul:
女　　　　女:

Gocxiz xeeuh rauz dungx genl liz,
可惜 那时 我们 同 吃 梨
可惜同吃一树梨,

Gocxiz xeeuh rauz muc lizdeangz,
可惜 那时 我们 嚼 糖梨
可惜一同吃糖梨,

Gocxiz xeeuh rauz reangz* bail jeex,
可惜 那时 我们 随 去 赶场
可惜那时同赶场,

Gocxiz xeeuh rauz yaanl* bail jeex.
可惜 那时 我们 约 去 赶场
可惜那时约赶场。

---

① 较子山,地名,在贵阳市花溪区的尖山。
② 独脚坡,地名,在贵阳市花溪区复烤厂(寨)附近。

Gocxiz xeeuh yangznganx* miz siml*?
可惜 那辈 样子 不 哥
可惜那个场景吗?

Gocxiz xeeuh yaanghdeel miz yux?
可惜 那辈 那样 不 友
可惜那时情谊吗?

Ximl*:
男
男:

Gocxiz xeeuh ximl* gaangc saaul hanl,
可惜 那时 哥 讲 情友 答
那时哥问妹来答,

Gocxiz xeeuh ximl* saanl saaul diaux*.
可惜 那时 哥 编 情友 锁边
哥编篮子妹递蔑。

Ximl* nauz leeux saaul reeul gaisyians*,
哥 说 完 情友 笑 原米
那时我俩相谈欢,

Ximl* nauz gvas saaul reeul xianqcenf*.
哥 说 过 情友 笑 现成
那时我们同欢乐。

Gocxiz xeeuh ximl* gaangc saaul haaus,
可惜 那时 哥 讲 情友 话
那时哥问妹就答,

Gocxiz xeeuh gaagtdeangz* saaul haaus.
可惜 那时 甜言 情友 话
难忘那甜言蜜语。

Saaul:
女
女:

Gusndux rauz dungx gaangl leangclux*,
从前 我们 同 撑 绿伞
我们同撑一绿伞,

Gusxaux rauz dungx gaangl leangcndaais*.
从前 我们 同 撑 花伞
曾经同撑一花伞。

Fah leangclog fih roix xih naais,
把 绿伞 未 烂 就 累
绿伞未烂就厌倦,

Fah leangendaais fih waaih xih doc*.
把 花伞 未 坏 就 弃
花伞未坏就遗弃。

Dianh* xunz doc* gocxiz miz mbaaus?
游场 弃 可惜 不 郎
放弃玩耍可惜吗？

Dianh* xunz naais gocxiz miz yux?
游场 累 可惜 不 友
不再游玩可惜吗？

Ximl*:
男
男：

Soongl bil goons rauz xunz geangx*,
两 年 以前 我们 玩 称雄
以前常常约着玩，

Goonsndux rauz benc xunz ndil.
以前 我们 本 玩 好
从前我们玩得好。

Dianh* xunz doc* diaml* jil ya saaul,
游场 放弃 添 气 呀 情友
当初放弃真生气，

Dianh* xunz naais leeux nanzgvas yux.
游场 累 很 难过 友
曾经厌倦多懊悔。

Xelximl* guans* riangz xelximl* ruix,
心里哥 慌 和 哥心里 烂
想起这些真伤心，

Xelximl* guans* lumc gal haaizruix.
心里哥 慌 如 只 烂鞋
心里发慌如烂鞋。

Xelximl* ruix lumc gal haaizbaaih,
心里哥 烂 如 只 同边鞋
心碎如同单边鞋，

Xelximl* waaih miz wenzlaez rox.
心里哥 心里坏 无 哪人 知道
心里难过无人知。

Ximl* xih gaangc mengz nyiel yuxgaus,
哥 就 讲 你 听 老朋友
我讲你听才知道，

Ximl* xih nauz mengz nyiel yuxlox.
哥 就 叙 你 听 情友
只有叙述给你听。

Saaul:
女

女:

Jeeulmail doons rauz senc* deel raiz,
一根线 断 我们 接 它 长

线断我们要接长，

Rauz maic senc* deel raiz lumc dah.
我们 必 接 它 长 如 河

让它与河一样长。

Deel lengc rox bauc rauz bail buangs*,
它 才 会 保护 我门 去 游

游玩路上它保佑，

Deel lengc xuangs rauz bail baaic.
它 才 放 我们 去 走

保佑我们走得远。

Jeeulmail doons rauz senc* deel ndaaux*,
一根线 断 我们 接 它 遥

线断我们重新接，

Rauz maic senc* deel ndaaux* lumc ric.
我们 必 接 它 遥 如 溪

接它与溪一样长。

Rauz lengc lix jic bil xunz maiz,
我们 才 有 几年 玩 好玩

我们玩耍更欢乐，

Rauz lengc lix jic ngonz xunz ndeadt*.
我们 才 有 几 天 玩 热闹

我们游玩更安心。

Ximl*:
男

男:

Doc* naanz miz dauc ronl xih laangh*,
弃 久 不 来 路 就 蔓

许久未走刺满路，

Doc* naanz miz dauc daangh xih lumz.
弃 久 不 来 范围 就 忘

隔久不来都忘记。

Ngonzlangl haaus maic seeuc jic dingz,
日后 话 必 少 几 倍

后来话必少几倍，

Ngonz langl weanl maic lumz jic laangc*.
日后 歌 必 忘 几 首　　后来歌必忘几首。

Rauz maic gaangc jic xonz haausruangh,
我们 必 讲 几 句 思念话　　要讲几句思念话，

Rauz maic denh* jic laangc* haausmaaic.
我们 必 回忆几 首 热恋话　　要唱几首相恋歌。

Aul rasndiaul* rauz gaangc miz xaiz,
要 一时 我们 讲 不 齐　　有话一时难讲尽，

Aul rasndiaul* rauz nauz miz leeux.
要 一时 我们 说 不 完　　有歌一时难唱完。

Ngonzlangl haaus miz xaiz bius yongh,
日后 话 不 全 无 用　　话在肚中也无用，

Ngonzlangl weanl miz xaiz bius yongh.
日后 歌 不 全 无 用　　歌在心中也无用。

Saaul:
女　　女：

Doc* naanz dauc miz baaic heenzdah,
弃 久 来 不 走 河边　　许久未走到河边，

Doc* naanz dauc miz aul roslinx*.
弃 久 来 不 要 枧边　　隔久不去枧槽边。

Miz rox ximl* lix xunz miz xunz?
不 知 哥 还 玩 不 玩　　不知哥还玩不玩？

Miz rox ximl* lix xianh miz yux?
不 知 哥 还 游 不 友　　不知情哥游不游？

Doc* naanz dauc miz baaic heenzdah,
弃 久 来 不 走 河边　　许久未走到河边，

Doc* naanz dauc miz suaj rosseanl*.
弃 久 来 不 要 园边　　隔久未去园边玩。

Miz rox ximl* lix nauz weanl miz?
不 知 哥 还 说 歌 不　　不知哥还唱歌吗?

Miz rox ximl* lix bail xunz miz?
不 知 哥 还 去 玩 不　　不知哥还去玩吗?

DAAIL DUNGX RIANGZ
死相随

Ximl * :
男 男:

Xel ximl * hams riangz xel siml * ruangh,
心 哥 问 和 心 哥 惦念 哥心问和哥心盼

Xel ximl * hams deengl wenz benjxiny,
心 哥 问 是 人 本心 哥心问的是本心,

Xel ximl * ruangh deengl wenz benjqinq.
心 哥 念 是 人 本情 哥心念的是真心。

Sangyxiny ruangh nal lumc bencsel,
伤心 思念 厚 如 书本 伤心样如书本厚,

Jibt ndaix nyaagt * ramxdal rauz doc *.
拣 得 浪费 泪水 我们 丢 何须浪费咱眼泪。

Riangz saaul jaul mizndaix dungx mbaanx,
和 情友 生 不得 共 寨 和友生不得共寨,

Dangz daail daaus dungx zaaiz * riangz moh.
到 死 回 共 棺 和 墓 死去愿共棺和墓。

Dungx ndanlmoh ndeeul doc * xos langl,
共 坟墓 一 留 在 后 共个坟地留世间,

Wenzbeangz rox nacmianh rauz nduams *.
世人 知 脸面 咱 大 世人知咱俩情深。

Dungx ndanlmoh ndeeul doc * xos beangz,
共 坟墓 一 留 在 地方 共个坟墓留地方,

Wenzbeangz rox nacmianh rauz gvaangs.
世人 知 脸面 我们 宽　　世人知咱俩意重。

Daail bail bians banz Niangz langl* Nex①,
死 去 变 成 良 与 妮　　死后变成良与妮，

Niangz langl* Nex banz zamlzizzas*,
良 与 妮 成 （亲密状）　　良与妮亲亲密密。

Zamlzizzas* lumc ramx buangh* linz*,
（亲密状） 像 水 冲 槽　　亲密如同水冲槽，

Zaml* zizzas* lumc rumz buangh* weac,
（亲密状） 像 风 吹云　　亲密如同风吹云，

Rauz maic rib ndanlxel rauz needt.
我们 要 收 个心 我们 紧密　　两颗心紧紧相依。

Daail dangs weil riangz daail dangs raanz,
死 另 位 和 死 各 家　　死去各是各家鬼，

Dungx ndanlxul ndeeul doc* bausyah.
共 个城 一 丢 祖宗　　死共城咱丢祖宗。

Laaul bausyah deel myaec dungx genl,
怕 祖宗 他 不让 同 吃　　怕祖宗不准同吃，

Riangz saaul xex dihbeangz dungx qyus.
和 情友 买 地角 同 住　　和友买一地同住。

Laaul bausyah deel myaec rauz riangz,
怕 祖宗 他 不让 我们 跟随　　怕祖宗不叫跟随，

Riangz saaul xex dihbeangz dungx qyus.
和 情友 买 地角 同 住　　和情友买一屋住。

Daail bail bians banz Niangz langl* Nex,
死 去 变 成 良 与 妮　　死后变成良与妮，

Niangz langl* Nex banz zamlzizzas*,
良 与 妮 成 （亲密状）　　良与妮亲亲密密。

① 良和妮，分别是布依族情友歌中的男青年和女青年。

Zamlzizzas* lumc ramx buangh* linz*,
(亲密状) 像 水 冲 槽
亲密如同水冲槽，

Zamlzizzas* lumc rumz buangh* weac,
(亲密状) 像 风 吹 云
亲密如同风吹云，

Rauz maic rib ndanlxel rauz needt.
我们 要 收 个心 我们 紧密
两颗心紧紧相依。

Genzmbenl xuangs ndaais* log gueh wenl,
天上 放 绿花 做 雨
漫天雨花撒遍地，

Genzmbenl deg rinlbyac yixrumz*.
天上 放 雷石 轰隆隆
上天打雷轰隆隆。

Daail weiq banq yuxngih xel aangs,
死 为 伴 情友 心 高兴
为伴情友死甘愿，

Daail weiq banq yuxndil xel needt.
死 为 伴 情友 都 甘心
为伴情友死甘心。